瓦 砾

曹五木◎著

『六棱石』丛书

大解◎主编

花山文艺出版社

河北·石家庄

图书在版编目（CIP）数据

瓦砾 / 曹五木著. -- 石家庄 ： 花山文艺出版社，
2024. 10. --（"六棱石"丛书 / 大解主编）. -- ISBN
978-7-5511-7346-9

Ⅰ. I227

中国国家版本馆CIP数据核字第2024UF7585号

丛 书 名： "六棱石"丛书
主　　编：大　解
书　　名：瓦　砾
　　　　　WA LI
著　　者：曹五木

选题策划：郝建国
出版统筹：王玉晓
责任编辑：林艳辉
责任校对：李　伟
装帧设计：陈　淼
出版发行：花山文艺出版社（邮政编码：050061）
　　　　　（河北省石家庄市友谊北大街330号）
销售热线：0311-88643299 / 96 / 17
印　　刷：保定市正大印刷有限公司
经　　销：新华书店
开　　本：787mm×1092mm 1/32
印　　张：6.375
字　　数：102千字
版　　次：2024年10月第1版　2024年10月第1次印刷
书　　号：ISBN 978-7-5511-7346-9
定　　价：46.00元

总序：辨识度，是衡量一个诗人价值的绝对尺度

大解

在当代诗人中选出六位辨识度极强的诗人，是件有意思的事情。

本套丛书共收录谢君、曹五木、李志勇、李双、泥巴、高英英六位诗人的诗集，花山文艺出版社社长郝建国将其命名为"六棱石"丛书，寓意来自天然水晶的形态。水晶是六棱的透明的宝石，坚硬，清澈，棱角分明，每个侧面都在闪光。把六位诗人集结在一起，是缘分也是必然。他们的诗歌个性鲜明，在诗人群体中闪烁着不一样的光芒，这令我印象深刻，因此选择了他们。

现代诗经过百年的不断探索，跌宕起伏走到今天，已经进入了静水深流的平稳期，有信心、有能力的诗人们潜心于创作，产出了许多优秀的作品，并成为汉语文学中的重要收获。同时也必须承认，由于诗歌潮流的巨大惯性，诗人们在大致相同的历史语境下，创作取向明显趋同，同质化写作已经引起了人们的警觉和有意回避。如何在群体中确立自己的独特话语体系和精神面貌，彰显出个性，已经成为少数

探索者的努力方向。在这样的写作背景下，作为一个诗人，作品的辨识度变得尤为重要，甚至成为衡量一个诗人存在价值的绝对尺度。

当下优秀的诗人和诗歌作品，可以拉出一个长长的名单，但我从众多的诗人中挑选出谢君、曹五木、李志勇、李双、泥巴、高英英这六个人，我看重的就是他们独特的诗歌特质、极具个性的辨识度。我关注他们的作品已经很长时间，有的几年，有的二十余年，最终把他们集结在一套丛书里，介绍给读者，也算是完成了一个心愿。下面我单独介绍这六位诗人。

谢君　解读谢君的诗，需要关注两个向度，一个是当下现场，即具象的现实世界；另一个则是跟随他进入历史的云烟，一再复活那些消逝的岁月。他在当下事件与过往经历的纠缠拉扯中，总是略有一些倾斜，为回归历史预留下较为宽阔的空间，并且多层次、多角度地深入每一个具体的瞬间，甚至在细节中抽出一些多出来的东西，而那些多出来的东西也许就是诗的灵魂。他似乎从每一个事件的节点都能找到回归往昔的路径，而且越走越深，越走越远，直至将个人的经历扩展为大于自身的时代梦幻，乃至构成漫无边际的生存背景。而这些构成他精神元素的东西并非谢君所独有，那是一个无限开放的空间，谁也无法封存人类共有的资源，甚至谁都可以挖掘和索取，可惜的是，健忘症已经抹去了无数人的记忆，只把那些有价值的东西留给少数人，而谢君恰好在此找到了属于自己的语言路径。他自由往返于个体记忆与集体记忆之间，把历史默片制作成具有个人属性的有声专集，在这专集里，他是主演，同时也是旁观者，他亲历、记录、发现，他用自身代替了一个庞大的群体，在独自言说时收获了历史的回声。在他的语言世界里，有刺痛，有忧心，有焦虑，有绝望，也有希望和百折不挠的生命力。而在表现方式上，我非常喜欢他的言说语气，他的叙述似乎带有迷惑性，具象而又迷离，跟随他的诗行，你会感受到他的体重，他的艰难，他负重的脚步……他像一个殉道者踏着荆棘在寻找精神的边界。他的诗，总是在向上拉升的同时，显示出反向的沉沦和历史的重力，并以此提醒人们注意这个世界的复杂性。

曹五木　我认识曹五木二十多年了，最早给我震撼的是他的一本开本极小的口袋书《张大郢》，虽然只是自印的一本小册子，但是这本诗集的冲击力让我至今难忘。他的放松、自由，甚至野蛮、无拘无束的书写方式，也可以说没有方式，他想怎么写就怎么写，其大胆而纯粹的诗性叙述，就像在荒原上开出一条先河。此后，我一直跟踪关注曹五木的诗，也看到他的一些变化。《张大郢》是一个完整的寓言，而收入诗集《瓦砾》中的诗，则是他多年的作品结集，时间跨度二十多年，他把寓言打成无数个碎片，通过每一首诗呈现出不同的人间世相，或者是精神幻象。他的视角往往是经过多重折射甚至是弯曲的，因而他的诗无论是清澈还是混浊，都已经穿透现实并且脱离了事物的原意，呈现出飘忽的不确定性。而在他独特的表述中，语言总是自带光环，散发着迷人的光晕。更难能可贵的是，他紧贴地面的写作姿势，给他的寓言建立了现实的可靠性和合法性，仿佛神话与生活原本就是一体，至少是同步。他总是毫不掩饰地把当代性埋伏在具象的精神肌理中，看似已经沉潜，而心灵时刻都在飞翔，而且带着原始的、本能的冲撞力。在曹五木的诗中，你能看到他的经历，也能感到他所构筑的语言世界，以多重幻象回应着现世，而他在现实与非现实中游走自如，仿佛地心引力只是一个假设，并非真的存在。

李志勇　我跟踪李志勇的创作已经将近二十年，在这个千帆竞技的时代，他的诗是个异数。他与所有人不同，以其独特性确立了自己卓尔不群的艺术风格。通俗地说，没有人像他这样写诗。他的客观、冷静、安宁、纯净，几乎到了"令人发指"的程度。他忽视了时间和急速流变的过眼云烟，把慢生活写到了静止的程度，仿佛处在一个凝固的世界。他本身就像一个静物，与周围的山川、河流、石头、雨雪、树木、一花一草和谐共居，并专注于对远近事物的凝视和书写。他异于常人的观察和理解世界的方式，他的角度，他的想象力，他的略显笨拙的语言表达方式，他的行文风格，他的不可模仿和复制性，都让人着迷。诗坛上只能有一个李志勇。就凭这一点，他可以骄傲地把脚翘到桌子上写作，而不必受到指责。

李双 关注李双的诗，不超过一年的时间，一次偶然在微信中发现了他的诗，一下子就被他迷住了，此后便盯住了他。让我说出李双诗歌的特征是费力的，他几乎是一个无法把握和定性的诗人。在他的笔下，即使是一首单纯的诗，里面的向度也是多重穿透并且相互交织的，其复杂程度不亚于一个不断被重组的梦境，模糊而又失序，却散发着神秘的气息。他试图用梦境笼罩现实，或者说把现实拆解为碎片并提升到高空，让每一个失重的物象独自发光，并在混沌中构成一个星移斗转的小宇宙。寓言帮助了他，允许他任意使用世间所有的元素而不用考虑其合理性，他自己就是制度和法官，同时也是语言的暴力僭越者，在诗中逃亡。他的诗是抓不住的，有些甚至是不可解的。我不愿像统计师那样条分缕析地去梳理他的现实和精神脉络，以求得出一个正确的答案。他的诗可能是不正确的典范，会让那些循规蹈矩的人们穷经皓首也得不到要领，因为他的诗歌出口太多，每一条路径都通向不可知的去处，恐怕连他自己都会迷路。读他的诗，我总有一种突兀感和撞击感，似乎是对常理和语言的冒犯，但又无可指摘。我惊异于他的胆量和独一无二的表现方式。如果不考虑沉潜和谦逊，李双可以举着大拇指走路，作为一个孤勇者，他可以目不斜视。

泥巴　一次偶然在微信中读到泥巴的诗，然后搜索到他更多的诗。此前，我并不了解这位诗人，后来我通过朋友圈联系到他，并向他约稿。正如他的诗集名字《我在这里》一样，泥巴的诗写的是这里、此在、当下、正在发生的事件。他所说的这里，其范围甚至小到具体的教室、居所、卧室、最亲的家人，包括他自己。他没有波澜壮阔的生命经历，没有英雄事迹，他就是生活在上海的某个小区里的一个普通人，每天上班下班，家居生活，吃饭睡觉。他的诗写的就是这些普普通通的生活，语言也不华丽，情感也不激荡。苦和累，疾病和健康，幸福和不幸，都被他作为命运的安排和赐予，平静地全盘收下，无欣喜也无悲伤。他的诗，平静、安然、温馨、豁达、感恩，一切都是那么亲切和真实。他的在场性抒写是与生活同步的，既不低于现实也不高于现实，却大于现实，成为一个人的心灵档案，甚至构成一个人的命运史诗。我喜欢他诗中的真、实、坦然、毫无修饰的复印般的详细生活记录，他的自言自语，他的小心思和大情怀……他以囊括一切的怀抱，几乎是把生活原貌搬进了诗中，朴素、自然、平和，春风化雨般了无痕迹，在个人的点点滴滴中露出一个时代的边角。他的创作实践，让我们知道，诗歌可以像空气一样包裹万事万物，一切都可以成为诗。或者说，泥巴给了我们一个写作范式，生活本身就是诗，语言所到之处，泥土和空气也会发光，万物在相互照亮。

高英英　接触到高英英的诗，是近两年的事情。她是河北诗人，虽然我们居住在同一座城市，但我此前对她并不了解，也缺少关注。直到有一天，我在微信上偶然读到她的诗，也

就是诗集《时间书》中的第一辑"长歌"中的
一部分,《鲲鲟》《神造好一座山》《不周山》
《济之南》《泰山》《长安》《煮海》《一天》等,
读后我沉默了许久,有一种被惊到的感觉,很
难想象这些诗出自一个年轻诗人之手。我见过
高英英两三次,都是在文学活动中,印象中她
是一个文静内向的女子,很少说话,几乎没有
存在感,没想到她的诗竟然是如此奇崛,高山
大海,波澜壮阔。她的这些诗"胆大包天",穿
过现实直奔寓言和神话,她仿佛是创世主的一
个帮手,在语言世界中对山川风物进行了再造
和升级,成为一种耸入云端的精神存在。中国
传统文化中有许多古老的元素,像种子一样沉
淀在我们的文化基因中,只有获得息壤的人才
能拓展土地的边疆并让万物发芽。在创世语境
中,神话没有边界,语言大于现实,并且随意
生成,不存在禁忌,所写即所是。但是高英英
并非一直沉浸在神话中,而是拍了拍手上的泥
土,收工了,不干了。像神脱掉光环,显现为
肉身,高英英选择从太古的幻象中抽离,又回
到现实世界中,直面日常琐事,成为一个职员
和家庭主妇。她的《银行到点就关门》等书写
日常生活的诗篇,让我们看到一个普通人的一
面。这也是她的多面性。高英英的诗还在不断
变化中,我相信她有能力走得更远。

以上这些是我根据自己的阅读感受和理解做的一些短评，难免有谬误或偏颇之处，好在读者自有其评判尺度和标准。谢君、曹五木、李志勇、李双、泥巴、高英英这六位诗人的诗，风格各异，创作路数完全不同，每个人都是不可替代的，也都是我看重的诗人，今后我还将继续关注他们的作品。我知道，汉语诗坛上具有个性的诗人何止这六人，这套"六棱石"丛书只是一个发现和推送的开端，今后若有机会我愿向读者推荐更多的诗人和作品。

2024 年 3 月 10 日于石家庄

自序

曹五木

写诗多年，常常感到乏力。许是年龄渐长，创造力匮乏了；又或许是觉得写诗，实在是一件困难的事。但对诗歌的热爱，从来没有变过。

还记得第一次对现代汉语诗歌感兴趣的时候，我还是个懵懂少年。在一个秋天的午后，第一次读到艾青的《大堰河——我的保姆》，我被深深地吸引了。那是我从来没有过的感受：文字竟然可以如此优美，如此深邃，如此震撼。我心惊胆战地拿起笔，照葫芦画瓢一样地写下了我这一生中第一段分行的文字。然后不小心被老师看到，贴在了学校的宣传栏。以至于我每次经过那，都要特意绕个弯儿，生怕被同学们看到我涨红的脸。那一年，我十四岁。

高考前，最后一堂语文课，老师问同学们今后的理想。到我的时候，我又一次涨红了脸，说我知道自己的成绩不好，也许考不上大学，但就算今后是个农民，我也要做个"农民诗人"。整个教室哄堂大笑，三十几年过去了，我依然清清楚楚记得那笑声。

还记得工作后，在单位的办公室里，偷空在笔记本上写字的时候，突然有人一巴掌拍在我的肩膀上，大声说："哎哟，写诗呢。"我就浑身一哆嗦，然后再一次涨红了脸。

在很长一段时间内，我没有发表过作品，不认识任何诗人。在这段长长的时间内，写诗，是一件孤独的、不被理解的、"令人羞耻"的事儿。

2005 年，在"柔刚诗歌奖"的授奖词中，我曾说过，我就像一尾在浑浊水底的游鱼，一个人在黑暗中逆流而上，能陪伴我的，只有书籍。那一年，我三十三岁。

说到底，写诗这个活儿，的的确确是一个人的事儿。你不能拉着一群人，轰轰烈烈地写一首诗。在这儿，没有团队作战，每一个诗人都是特种兵，都是孤胆英雄。所以谁又不是孤单的呢。

本书是我三十余年创作的一个总结吧。年少轻狂时，也曾下笔恣肆汪洋，觉得没有什么事儿是自己不能做的，回过头就觉得自己怎么会如此浅薄。所以曾说过"悔其少作"的话。现在看来，当真是没错，因为林林总总，也没有多少入眼的作品，甚觉羞愧。只能期待日后能写出稍微好些的东西出来。

所幸还能入大解老师的法眼，让这些东西能和有缘的朋友们见面。在此，要特别感谢大解老师的青睐，感谢花山文艺出版社的出版，也提前感谢那些未曾谋面的读者朋友们。谢谢！

目录

诗艺

在梦里，有一整个团队
在工作。他们拥有
巨型的机器，精密的仪表
要为他们的老板，制造一首
庞大、无与伦比的
为诗而作的歌。我看到
无数的词语和句子
在流水线上翻滚、流淌
我身处他们之中，恍惚迷离
沉浸在那种美妙之中，直到
他们的老板发现了我。他命令
所有制造者停下手中的工作
把任务交给我这个外人
我问，为什么？
他说，难道你不是个诗人？
我说，但你们有机器。
他说，你不是有手？
我说，好吧，什么要求？
他说，你说呢。

河流

早晨睁开眼，在未消的睡意中
看到河面上的雾气，渐渐消散。
湿润了黑夜和梦境的雾气
在我醒来以前睡去。或许是在北部
一条名叫通肯的小河，使我知晓
作为一个人，最先发现的是
河流的细微之处。从林业站往上
穿过芦苇和蒲棒，顺着低矮的河岸
我看见河流穿行在我皮肤的毛孔之间
在某个河汊，某人驻足。他在回忆
还是猜想？在南方，宽阔的河面适于浪费
一个人的体力。成熟的河流
已经浑浊。而在我的家乡，在人造的血管里
我横渡，嬉戏，无知。纵横交错的
网格状河网不是河流的形状。它是
弯曲的，在古代也一样。我羡慕
那些整日流淌的河水，可以经过
一个村庄，被命名，被尊敬。
选择一个支流继续向前，如果
你看见一块草地，或者一片树林
河流更加纤弱，伸手可以提起
我肯定你来到了我的面部。额侧

或者耳畔。再往前走一走，耐心一点儿
无声的河流终会出现在你面前。
一处泉眼，或者几条水线
很早了，它始终在这里，从深处
地表下，它出来，不能自已，无法停止。

黄河故道

像一节盲肠，被割除，扔在那里。
形象，而充满嘲讽。
怎么能对一条大河的遗迹如此不恭？
事实如此——
总有废弃的东西成为遗址
会有人去拜访，去吊唁
会堵车、绕道、颠簸
在烈日下，在尘土中，做个匆匆游客
——你以为会遇见死亡
所以随身携带了对亡灵的起码敬意。
但出现在你眼前的是另一番景象——
这静止的水面依然活着。
岸上的白杨没种几年
走在其间，却可以享受绿荫浓浓
不时有青蛙跳在脚上，当然
还有细小的水蛇，急急地钻入水中。
水边是丛生的蒲棒，有多少年
没有见到这么多的蒲棒了
延绵簇拥在水边
接着就是水中的芦苇
还有藏起身影婉转的苇莺
水面上有小小的水鸟起落

水面依然宽阔，还是大河的样子
但它不再流动。
可以想见当年那滔滔洪流
挟裹泥沙在这里肆虐
那翻卷着浊浪的狂躁大河啊
一甩尾巴，去了山东。
留下了一小截依稀的影子。
意外的是，它还留下了
它的魂魄，它灵魂中安静的部分。

寒星

寒冬冻住了干渠
"都臭了。"因此，你闻不到
鱼的味道。

有人在田里支网
捕了十几只野鸽子
"炖好了，来喝酒吧。"

现在回家，必须穿过
堆满了木头和化学黏合剂的
工厂，还有零星飘来的
外地方言。

深夜里醒来，光着屁股
到院子里撒尿
冬夜咬我的胸、我的腿
抬头看见银月与寒星
眼里要垂下泪来

这地上每个人都是星星
闪烁在午夜，但其中没有我
我离开了，再也不能回来

最后在空中消散，不知所终

我的父母，才是这寒夜里微弱的光
他们此刻在东屋的炕上睡了
和他们的先辈一样
在冷寂的旷野上，打着鼾。

故乡

故乡在那里，仿佛
是另一个世界。它是
回忆、节日、雨水中的倦怠

有时我想起我的未来
遥不可及而又确定
我想起乡间的坟墓
和冬日刮擦着田野的北风
那里有我的方言、我的祖先
我的乡邻、我的旧识

多么遥远。
陌生。带着些微的恐惧——
我向来是个懒惰的人
还要重新学习交往？

但是这些疑惑都是多余
一切都是相对的，当
生命消失了，死亡
自然也不应存在

虎跳峡

让我夹起尾巴，脱掉毛皮
接受我的谦卑吧，接受一个食肉动物的悲伤

遍山红透的，杜鹃啊杜鹃
奔腾不止的，江水啊江水
欲说还休的，美人啊美人

植物记

我有时候更喜欢悬铃木这个名字。有时候
喜欢法国梧桐。哪一个更代表你现在的心情？
雨不停地下，毛茸茸的光亮，散落在灌木丛中
我更喜欢这些叫不出名字的植物，群居的体验
也许并不存在。活着，生长，三三两两
时而漫游，渡过长江，变成鱼的样子，或者水草
然后游回来，做做春梦，发发脾气。啊
你也许不知道这种体验——更多的树木生活在
　南方
自由自在，枝叶肥大，趁着阴雨天撒欢
缺少一两个我也不知道。越往南越是如此。
你说呢？在雨中谈论这些恰如其分
有点儿发凉，也可以把怀中发潮的一边翻过来
可现在我想着一个庭院中那循环往复的角落
一棵刺槐的脚下，一棵野草开着紫色的小花
我转了一圈儿，回来看见它依然活着
我转了两圈儿，回来看见它依然活着

我不想再谈这些植物。在雨中也不谈。
那小小乳房般的柿子，那晶莹的葡萄。

名言录

我说中庸啊，我说颓唐，我其实什么都没说。
言辞都在死去的人手中，一如殉葬品

青铜质地可以弹奏
麻布质地化为灰烬
我们能掌握的何其少啊
而盗墓贼何其多

达·芬奇说居室狭小思想集中
因此他选择棺木
将如此荒谬的三言两语留在人间

寄友人

想起来那些往事恍若隔世
其实只不过很短的时间
喝着酒，读着诗
指点着江山
午夜里醉醺醺分手
而今你我一南一北
一个依旧沉默
一个依旧饶舌
虽为俗世所困
依旧心宽体胖
秋日临近，细雨纷纷
何时再与你共醉
有道是：
凉风起天末
四下皆庸人！

瓦砾

一个人不能走太久，不能
太过傲慢，太不在乎，不然
哪一天你回头瞧瞧
身后多少事物已被你抛弃
有的散落，有的堆积
有的好似黄金
有的好似瓦砾

七月

北郊上空云在堆积
酝酿着一场暴风雨
这样猛烈的事物总是善于掩饰
用一阵喧哗掩盖另一阵喧哗

江

——致谢君

江水滔滔，自我脚下奔流而过
而我心中却充满疑问：这丰满的河流
怎么会有与北方的河流不同的名字？
风从山腰扑向水面，仿佛
无数颗细小的果粒翻滚、跳跃
瞬间消失于流淌。此时，江流勇猛
飞奔、跌落、四散、喘息
在星月下恣意舒展。此时，在北方
流水日益瘦弱，奄奄一息
这就是它们的区别？彼时呢？
大河滚滚，飞流直下，白了多少青丝
如果彼时重来，它们
就会有相同的名字吗？不涉及
那些青白色、绛红色、赭黄色的岩石，以及
那妖冶妇人一样发烫的沙土。
或者还有变换的四季，渐浓的绿意。
风从高原扑向平地，仿佛
无数支小铁锤挥舞、敲打，从泉眼、溪流
直到大海，然后连同我的疑问
瞬间消失于虚空。此时
江面宽阔起来，呜咽声深深隐藏

瓦砾

我饱食终日，两手空空
泛舟而上。我说，这无名之水
浩浩奔流，不舍昼夜，何不取上一二名字
要么叫扬子，要么叫钱塘。

在李白墓前

秋天像熔化的铁水向南涌来
瞬息间点燃了丛林。这疲惫之火
拥有一颗坚硬的心。
起先是平原，大块的田地被翻开、搅拌
深褐色的肉体呈现丝绸一样的花纹
光在田垄间整齐排列
热气在低低徘徊
而后是蔓延的丘陵，低矮的灌木叫唤起来
这些娇小的妇人红着脸，压抑着自己的内心
当这滚烫的孤单漫过江水
半江瑟瑟。江水在岸边冒出一串串气泡
鲸背黝黑，像移动的矾石沉浮不已
光线于是隐忍，悬垂于江面
三万里河山晕晕然发热，从指尖直到脚趾
寒意烧灼着她的毛细血管
当它自山巅眺望，山坡和谷地
欣然迎接它的到来，岩石成为岩浆
从山脊奔流而下
水杉抖落自己的羽毛，露出光洁的身体
槭树和枫杨慌张而不知所措
柿树举着灯盏，栗树丢掉自己的武器
河流在远方像栈道，帆影绰绰，欲出锦城

瓦砾

此时，光芒如羽翼自云天垂布
于宿醉之间、于纵横之间
群山如流水，融融化去

而秋风只想寻找一个容器
哪怕一个窄窄的缝隙
瞬息间凝固，为佩剑，为利器
仿佛它孤单的内心。
光线随之冰冷，跌落在山腰

我察觉到，这剑，这无边的寂静
一下一下斜斜切割着我

万物风流，不过尔尔。

燕山

在汗水浸泡中，登上慕田峪
从碉楼的瞭望口抬眼望去

山风带来阵阵清凉
这是无悲无喜的时刻

山风也带来无限的满足
像我第一次登上山峰时一样

那是二十年前，一个少年
第一次醉酒，第一次遭遇

终生陪伴我的恐高症
——多少次，我从内心的山峰一跃而下

站在垛口旁眺望，起伏的远山
铺展在我的胸间，越来越远，越来越空

我曾穿越它的腹地，在明暗交错的隧道
倾听铁轨摩擦山体的声音

瓦砾

浅浅的溪流从耸立的山腰汩汩而出
汇集起来，开启了燕山之门

迂回的沟壑充满了金属的回声
潜行的兵士永远屏住了呼吸

在栗树、油松、柞树和核桃树之上跳跃的
是两只松鸡，还是张狂的灰喜鹊?

冷寂的夜晚，群峰回荡无边的耳语
更多的黑涌上来，躲藏在星光的缝隙里

除了万万年前的篝火，北方的山岭
没有更多的秘密，风化的岩石可以告诉你

而阳光下的事物存在太久了
过于陈旧，无论宫殿还是高墙

唯有群山永恒，唯有群山的回响永恒
群山连绵，在地下挽手

穿越浩瀚大洋，耸立在大陆的边缘和腹地
为鲸群、磷虾与迁徙的候鸟提供指引

拥挤的山脉在远方制造新的事物
而众多的山岭沉默，如此刻的燕山

寂静淹没了我，蝉鸣聒噪
乌压压在山峦间弥漫开来

在无名的河边

这小河是无名的
正在枯水期

两只小船
一只在走，一只泊在岸边

它们也像我一样
期待着丰水期的到来

更多的水会冲走污浊
洗刷河岸边的青草

岸上排排水杉挺立
我在水杉林中的小径行走

白杨啊，吾之所爱
水杉啊，亦吾之所爱

风从北方吹来
水杉树冠摇摆

水杉林边迎春花的枝条上

有残留的花瓣

而林中草地上
只有星星点点细碎的野花

野草啊，吾之所爱
佳人啊，亦吾之所爱

水杉林中的小径笔直着
始终在无名的河边

合欢

1986 年，我惊诧地看到路旁的合欢
茸毛一样浮现在含羞草的叶子间。
在乡村，年少的我还不会将她表达为——
"这世间惊人的美，超过
槐花和榆钱儿。"正如，多年后
在爱民西道我再一次看见她
已经知道她的第三个名字
并且学会了隐喻。这真是令人羞耻的事儿。
好比你不敢正视一个人，因为她的脚踝
让你想起了另一个人。
它让我时时想起文学的坏处：忘了事物的本来
　　面目。
在县城政通道东关那儿，三四棵合欢开花了
你得知道那是两种植物：
虽然相似，但另一种叫凤凰。

哀歌

偶尔会想起远方的朋友们
某某、某某和某某
我记得和他们在一起时的情形
喝酒啊，开玩笑啊，假模假式地争执啊
群居终日，言不及义
我还会努力记起他们的脸
有时候这很简单
有时候很难
有时真切，有时恍惚
怎么笑，怎么哭，怎么叫喊，怎么沉默
怎么分手，道别
为此我常常羡慕古人
大家喝完了酒，醉醺醺分手了
还要在江边、驿站、酒楼上
写首离别的诗，用来流传
当然，古人写的时候往往要加上些景物的描写
早晨的雨啊，傍晚的蝉鸣啊
天际的孤帆啊，仲春的杨花啊，等等
这可不是简单的事情
要有很深的功夫，而我火候还不够
我只能在很久以后
一个人在寂静的午夜

瓦砾

想想某一天的潮湿，某一天的酷热
某一天油菜花的颜色
还有那一天分手的某某、某某、某某

新生

——致大碗

我对你的好奇，不会超过
我对你父亲的好奇

我熟悉你的母亲，知道她生气时
涨红脸的样子，知道她的任性和脆弱
但我不知道她现在的样子，比如
你的样子（或许现在应该
称呼你为大盆），那么未来呢？

像你的母亲，还是你的父亲？
我好奇你的容貌，而不是性别
我会好奇你父亲的样子，因为
那是你未来的样子

一个饱尝了人间甘苦的人
是不是有些沉默？

这是我所剩无几的好奇心了
于你即将拥有，你将
睁开眼，看这个新奇的世界

为此我祝福你的母亲，因为她的生命
得以延续，即便
世事烦闷而无常

来吧，小人儿
来替你的母亲、你的父亲
感受这个世界

热带

——为即将诞生的女孩儿而作

你要爱你的妈妈
她是运动健将，在台风的奔跑中孕育了你
因此你有热带气旋一样的心
遥远的北方即将进入冬季
万物享有凛冽的休眠期
但热带有更多的热爱
你睁眼见到的这个世界有些微的吵闹——
因为你，候鸟们飞来
围绕着你，用嘈杂的方言
带给你繁花的、雪花的、北方的祝福

树落实

院中几棵大树纷纷落下了种子
微雨后，褐色的小籽粒躺在甬道上
张着短短的翅膀，像极了飞蛾
倦了，怠了，坠落在泥土间
而在这世上，多少欲说未说伤心事
几度梦到长安城？友人
你还是那么散淡地活着
就着些许心事，微醺里看这肃杀秋风。

杨梅酒
　　——兼致姜伟

友人从浙江带来了杨梅酒
在街边的大排档向我举杯

他在梅雨中买来杨梅
他在五月买来荞麦烧酒
他把杨梅泡在酒中
加上蜂蜜、冰糖
四个月后，乘汽车
转火车来到合肥

多好的酒啊，甜美而芬芳
此时，他放下手中的二锅头
端起我的杨梅酒

他闻了闻，尝了尝
他说，不比去年了
可能冰糖放得少，不够醇厚

友人，在过去的四个月
你竟没有喝一口
你自己亲手泡的杨梅酒？

瓦砾

我想起去年，同月同日
友人从浙江带来了杨梅酒
在街边的大排档向我举杯
那时的酒，也像今日这般滋味

你也以为……

——赠游金

你也以为落叶是装饰风景的，跟未落的叶一样。
但落叶也有分别——
未落的、将落未落的、落的和化为乌有的。
你看，你生之日，叶已落尽，
你庆生之日，落叶已化为乌有。
我告诉你，你依然悬挂在枝头，
将落未落，依然是一枚树叶。
你看，你犹疑着、观望着、晃荡着，
像一枚落叶那么美。

问王五

越是疲惫，越要拨开人群去找你
约在大柳河中学门口的酒馆
喝一杯，扯扯闲
在靠背的窗户下高声喧哗
之后醉醺醺离去
但是忧愁由何而来？

有时候是你迫不及待
浪人一样急匆匆奔到我的面前
又一起斗酒
这安慰着我中年的心
但是迷惘由何而来？

正月初六，醉在西柳河
正月十七，在廊坊分手
昨天你来电话，说
烦什么呢？来喝酒？

问答

艾米凝望无数星星的宇宙
语子问："你看什么？"
"我在找一块可以栖身的墓地。"

艾米在梦中微笑着醒来
语子问："梦到了什么？"
"我找到了一块干净的墓碑。"

秋

阴雨涂抹着六月，整个平原
海拔又低了三米。"这样下去
秋田可能熟不了。"
在黄道口，我妹妹跟我
平静地说。

坟地里太泥泞，像是抽干水
的泥塘。七月既望，我老婆
和她的姐妹们，在道边
烧着纸钱，送给她们的父母亲人
"我梦见我妈跟我二姨了。"
前一夜，她哭着从梦里醒来。

凉风再一次从西北吹来
带来了高天、果香、鱼汛
齐岸的河水、大国的胜利
和失业者的愁苦。数字化的抑郁。
以及"气候性过敏"，我的小姨子
郑重地告诉我，像面对一个陌生人。

总要试着安慰自己，时已将秋
这些鼻涕眼泪，总归是在哀悼什么吧。

寂灭

和朋友谈起死亡
他说不敢深想，因为恐惧——
世上再没有"我"，"我"告别了所有
我说，无非是寂灭了
他说，不，寂灭也和死去的人无关
那都是活人的想象
是啊，谁能明了死去的一切呢
就像我院墙外的坟里
埋着我的历代祖先
每当夜晚，他们的寂灭
就活跃起来，你仔细听
从地下由远及近传来的无声
午夜的大地静静震颤着

在秋风洗刷树林以前

让我来邀你干一杯
在秋风洗刷树林以前

当你不愿在黄昏停留
让我们去黑夜的腹中吧
脱去你灵魂的虚假的外衣
看，午夜的鸟啊
在杨树林上无声地飞行
它的翅膀，是秋风里喑哑的生

当你不愿在黄昏停留
让我们在昨日的黎明睡去吧
现在，趁你还没走
在秋风洗刷树林以前
在秋风又一次洗刷大地以前
让我在傍晚挽留你吧
就当是醉酒的我
在门外拦住了过往的炊烟

初夏夜微凉

初夏夜微凉
雷声在她的前额翻滚
微风穿过银杏树叶
拂过她的小腹、手臂和肩膀
我恍惚记起，那是怎样的宽脑门儿啊
乌云朵朵
一转眼就熄灭了

雨

倘若秋天是个妇人，雨就是她
最小的女儿。使着性子
打你眼前昂首走过，回过头
看你一眼，甚至
扑在你的身上，咬一下你的耳朵
然后，一溜小跑，再也不见。

落叶收集者

在屋顶下你可以做一个安稳的梦了。
黄金浮在寒瓦上。是啊
银杏挂满了铃铛，乌桕飘零，无患子肆无忌惮
你依次梦见这些东西：草坪、
淤泥、渴死的河蚌、桑葚、雪里蕻

淮北路上的行人

淮北路上的行人看得见有限的远方
我把他们看作我的亲人，他们的容貌
在各自的经历当中独自闪现
我试图打开他们的画册，把我
映在他们身后的影子找出来，在下面
写上说明：你们中的一些我曾背叛

如果你去北方

记着到田里走走，
和麦苗在一起，
和茄子们在一起
让尘土扑上你的鞋面，全都开始筹划了
杨树在落叶，榆树也在落叶。池塘的水颜色变深
水波也变得暗淡。小河越发沉默寡言
如果你去北方，你会知道，秋天真的深了
如果再往北走一点儿，你会知道，冬天已经来临。

初雪

每次走在同一条路上，我都在冥想
类似于在无人的地下室，静静做着手工
或者身处异地，在陌生的房间里
慢慢想起一个人。终究是在慢慢老去
我了解我的身体……它怎么被我摧残
我所剩不多的东西，好奇心
冥想，对新鲜事物的敬畏
就好像每一次在深夜里醒来
还能无所畏惧地幻想，是的
是幻想，在同一条道路上
我的愧疚、遗憾、坚持、怯懦
以及向往。在菜市场，我买了酒
在回家的路上告诫自己
有什么是我所不能做的，有什么
是我不能企及的。在路上
暮色四合，北风掠过洼地
夹杂着雨点摇晃着我的电动车
直到我回到家，问候了我的爹娘
关闭院门，喝了酒，沉沉睡去
一直到清晨醒来，打开屋门
看见白雪已经积满了我的院子
我知道，我知道，北风整宿没停

它们吹过了平原上沉寂的村庄
呼啸着吹散我的梦，然后直向上去
将星辰的落叶，铺满了冬日的层云

虎

她覆盖蓝色的花纹，她覆盖青灰色的花纹
晨曦里她斑杂的条纹带着微光
她的脊背有着浅浅的凹陷。
田野中的风告诉我
"渴望就是如此诞生"，以至于你在想
这孤独的王者，究竟如何展开她的身体
甚至有些倦怠。她的步伐
曾经急促、有力，跳跃着
什么使她黯淡？梦想还是时间？
多少个昼夜她在林间逡巡
正午时分她盘踞树下
偶尔睁开蒙眬的睡眼，啊，女王
这一切是否如此消磨。
长久以来睡梦中的往事
充满黄昏的味道、寂静的味道
多像在林子里散步，毫无目的
只有落叶无声地唱着赞歌。无人知晓。
而正午一切消弭，日光在山顶放肆。
我注意到她的优雅
她抬起爪子，摸摸自己的脸
她虚幻地摆动尾巴
磨磨牙，伸伸懒腰，打两个哈欠

——我喜欢她慵懒的样子——
继续孤独地骄傲着。
如何才能进入她的内心，不被误解
如何才能进入她的眼睛，不是食物
如何与她倾心交谈
如何相爱，不用小心翼翼
不用做个旁观者，远远地注视
哪怕做她的牙齿。被亲密地含着
被亲密地咬合着，被舌头舔着。
但即使闭着眼她也令人望而生畏。
当她再一次站起来——这孤独的女王——
万马齐喑。一个时代结束了。
另一个时代以尖叫开始。

承认这一点是令人尴尬的

承认这一点是令人尴尬的。
让巴赫在教堂祈祷吧，让
贝多芬在暴风雨中做个勇士吧
我承认有时候这些音乐和你相比
是多余的装饰。我宁愿把你比作
夏夜的风景。无声，静止着。
承认这一点是令人尴尬的
我歌颂大地、丛林、雪。
还有莫名其妙的天气，以及路程。
但和你相比，我的声音会更加
不由自主。虽然
日益遥远，但日渐清晰。
承认这一点是令人遗憾的——
一些素描，一些线条，弯曲的
一些动人的颜色
朴素、简洁。比如黄色、淡蓝
全都是我的幻想。应该承认
还有加工过的回忆。我也
不得不承认这一点令人抱歉
我做这一切从未征得你的同意。
我把你写在扉页上、书页间的空白处
我也知道这一过程更为漫长。

我做过，幸福过，继续着
但你在改变。你在我的心中经历改变
但这一切已与你无关。

我多么想……

我多么想成为一个画框里的人
在某个凉爽的时刻
你保持美好的心境，擦拭
然后清点这清晰的草叶脉络般的记忆

你裹着淡淡的光芒
你冷漠地消灭了一两条
飘动和羞涩的光
你说，但我没听到
农历八月，我的想法
单纯得像一只小狗
你说，并且开始变得言辞激烈

看看吧，这些穿过整个秋天的声音
仿佛充满我脑袋的
荒诞不经的思想

我总是忧愁得不能入睡
我总是缓慢地收拾
比喻风的渣子，水滴

秋天显得遥远无比

在你身后危险地潜伏
太遥远了，所以
现在看来，仿佛没有

你并非不留痕迹地去了异地
我还在说
"为什么，为什么"
或者"为什么活着"
这些严肃而没有意义的问题

在某个凉爽的时刻
你都学会深沉地说话了
可是这些曾经的东西
你全都忘了

小姑娘

小姑娘，我把
整个春天都带在身边

开满了梧桐花和槐花
芳香的花瓣

都带来了
来向你道别

来俯身向你问候
旷日持久的孤独

我用它们来装扮你
茂盛的生活和没有秩序的感情

我说别在意，啊，我是说
对不起。我自私的灵魂

谴责了我，相信我
像一只脱了外衣的狮子，多情、懦弱

你严肃起来，穿着你不起眼的

上衣，寒酸地自信着

手里紧紧攥着
我送给你的一小块黑暗

将此诗题在笔记本的扉页

你终究会有放弃键盘
在纸上写字的时候
那时你会想到我
曾将一首诗
写在你的笔记本上
那上面说
你可能将往事忘记
但你会在舷窗旁记起——

恍惚昨日，百合妖娆。
斯人何在？浮云飞鸟。

献歌

七十岁的时候我的皱纹肯定比你多
这是某人说的。她说："到老年的时候，
女的就老得慢了，虽然年轻的时候老得快。"
如此说来，我还是有机会把我的歌颂
一直奉献给你，在三月，在九月，
在惊蛰，在雷雨声中，在二月的春光中
我不停抒发我的情怀，要知道
这一切都因为你，因为七月里一场突然的风暴。

滞洪区

年少时啊，心会疼
提起某某，辗转在单人床上
就像是，心被某只手掌
紧紧攥着。她还使劲儿。你想想
她未曾见你，未曾闻你
你却悄悄地，未有人知地使劲儿疼

老了，疼不起来了
只是静静地想些许往事，像是潮水
一遍遍涌来又退去。你只记得涌来
何曾记得退去。只记得低沉的潮
在头脑中回旋。想啊，这是
年华老去，心肝也硬了
世事也拿捏不起曾经的轻柔

这世间，不是你种了什么
就收获什么。我种了月季
却收获了满盆的鸭跖草和龙葵
即便我知道哪个是有毒的
我还除去吗？我爱龙葵
爱紫苋菜、曼陀罗和马齿苋

你知道，她们都是地图上的
神明，守着各自的河道，循着
各自的轨迹，赐予凡俗们
日复一日幸福的荫蔽
直到回忆起过往，这些神明啊

就汹涌起来，汇集起来
拥挤在我的下游，淹没了一切
譬如我的无奈。在梦里，我许过
所有的愿——嗯，就是少年时
我说过的那些。现在，不
时常地，它们就来了

淹没了平原和飞翔的我
淹没了村舍和困顿的我
然后像潮水缓缓退去，只留下
幽深、灰暗和无边的泥泞

克罗地亚狂想曲

我记得你的短发，轻轻拢在耳后
我记得你发白的蓝色外套
袖子短了一点儿，露着一小节手臂
我记得你的脖颈儿，白得像
整个亚平宁的秋天，晴朗的
温和的午后，你沿着轻快的曲子
斜斜划过了亚得里亚海的上空
这是漫长的，包括
理想、联邦和斯拉夫的幻想
以及那一点儿一点儿的幻灭
急促而又漫长，像是骤雨
接连造访一个人的午夜，这就是命运吧
——我必须忍受的孤寂
这也是我想向你倾诉的
不多的仇恨，零碎的爱怜
嘈杂的过往和一片沉寂的内海

海豚

桃核里有一只海豚
它叫唤着，顶开桃核
鼻孔喷着水，摆动着尾巴
消失在密匝匝细长的叶子中

八月了，桃子长得又傻又胖
桃树叶还是那么细，哦，细长的桃树叶

海豚的嘴顶开我的唇
海豚有凉丝丝的唇
我有凉丝丝的舌头

海豚侧身游过草地
鼠尾草、蒲公英、马齿苋和车前子
海豚的尾巴分开草丛留下荡漾的波纹
它是食肉的，它要的是
蚱蜢、蜥蜴、天牛和咚咚咚的心

水杉林中，风似游鱼
海豚在树行间嬉戏
它是排练场的舞蹈家，腰身紧绷绷
纵身一跃冲出树梢，水杉林之上

瓦砾

湛蓝的大海漂荡着一丛丛星星

火车也有了海豚的鼻子
火车冲开黏稠的八月
海豚顺着铁轨追逐笨拙的火车
八月的大海，骄傲的海豚在迁徙

凉丝丝的海豚是高纬度的信风
它蹦跳着掠过地平线

海豚凉丝丝的，像每一个你。

上元节所谈及的

爱是两不相欠的热烈。
是遥遥无期的期许。

是午后四点日光里的尘埃。
是你以为我是尘埃。
是尘埃，你发现了，但你沉默。
你爱这尘埃。所以你拉下了百叶窗。

是日落了而桂树蓬勃。爱是赋予。

是你走着自言自语。
是你在高原走着自言自语到山谷。
是掩饰。是你用比高原更高的事物掩饰你不爱。
你不要掩饰。

雪下着，但是回忆更黑。
雪下着，你的梦噼啪地烧。

我身边的一切都不是你。

是不交换。是庸常的潦草。
是克制。是克制的躲藏。

是你吃东西想起了你所爱的。
是你要倾诉你吃了东西。
如果你倾诉那么我就是辩白。

爱是扮演。爱是戏剧。
爱是戏剧。你要和我有三幕戏的冲突。

是屋宇。屋宇外有两棵榆树。
是梦境里有两棵树。另一棵弯腰向你。

是信仰，因为它献祭了一切。是接受。
是信仰，它教育我们要接受。是拒绝接受。
是你拒绝了所以我爱。是接受但我说不。

我不爱你。

西天

这一刻西天仿佛刚刚经过洗礼
我以为在那儿倾泻过暴雨
明亮的暗黄色在我眼中闪烁
整个天空的云和空气
铺洒在我悲哀的怀里

世界，傍晚的阳光述说
谁映照忧伤的身影
谁慢慢轻抚流着的风
宽阔的街道我微微惊醒
诡异地走，淡漠地看，疼

赞美

我想那火红的天空
我想那橘黄色的天空
你默不作声地把他们排列起来
还镶上绿的、暗灰色的边

我说，路灯
我说，发着银光的
我说，月亮
我说，发着银光的
我说，我尴尬地笑了
我说，怎么夜深了呢
我说，发着银光

玛瑙吊坠

友人赠我玛瑙吊坠
我将它挂在颈上

暗红色的玛瑙
有晶莹的微凉

我不知道这玛瑙的价值
因为不懂得石头的品质

上面雕刻着细小的花纹
并非精美的样子

动物、人，还是草木
我并不想分辨太清

河滩上闪烁的石子
该挑选哪一块？

抑或深山之中
出自某个矿工的斧镐

切之磋之

瓦砾

琢之磨之

我羡慕所有的能工巧匠
比我更了解这个世界

经过怎样的辗转
才到了我的手中？

我将它挂在我的颈上
一会儿就带上了我的体温

这一小块温暖的石头
或许将伴我终生

但它永不知晓我所经过的尘世
冷雨、沙尘、宿醉和缱绻春梦

秋

我那鲜花丛中的她，
仿佛一刹那。
秋季就要来临，
眼看孤单冒着雨，
催促我忘掉吧。

薄暮

汽车在高速上向北开去
车轮碾轧暮色里重新结成的冰——
风从北边吹来，夹杂着凉凉的发丝
车轮下细碎的冰碴儿跳着舞
旋转着，进溅着，冷入腠理的……
锐利。我爱着的。
薄暮过去了，夕阳冰冻于西方刺骨的夜。
你温暖着睡去吧，我已在黑暗里驶来。

秋声赋

我乘着无语的风，升上阴云之上的清凉夜幕
我胯下的小兽知道去路，那深蓝色大理石上
羞涩的星辰它一一吮过，它告诉我
她们香甜冰凉的味道，我向你们致意啊
娇羞的恋人们，看护好自己的
真心吧，如同我对你们的那样

透过云彩的缝隙，我看见辽远慵懒的地母
合着眼，我胯下的小兽她抚弄过
它始终记得她的手掌，沟壑纵横的
母亲啊，我向你致意，
有众多的养育，繁衍啊

我是探路者，是呼啸的暴躁北风的长兄
我来清扫，来挑选，将万物的赋税收取
我胯下的小兽给我指引，
它熟知这浮云上下的一切
你们亏欠的、隐瞒的、遗漏的，都要一并补偿
所有的宽恕都庄严的满月般短暂
搜刮踩踏的惩罚者来了，赶着他隆隆的马群

家

我会在一个上午回家，按响门铃
但是请别再提我给你的伤害。别提。
我要怎样谴责自己呢？不可能了
不可能改变了，作为一个
自私的人
我并不企求你的原谅，我并不
能宽恕我自己。在异乡独自死亡是应该的
所以我会按响门铃，用平常
常用的方式，按第一下和第二下
你会问，谁啊？我说，我，曹五，一个蠢货

末班车

有时候真的想和你讨论一下那年夏天的事情
我们到底去没去过西瓜地?
记得你说去过，可我完全不记得了。
我的确是这样一个人
喜欢回忆，却忘了所有。
其实你也一样，只不过
我走在母校门前的路上（你真该回来看看）
而你在异地驾驶着现代汽车。
我们都很少抬头仰望
没有注意到星辰在天空
只有在夜晚，身体从奔波中回来，心也蜷缩安静
屏住呼吸，极目远眺，侧耳倾听
才察觉到发动机的汩汩转动——

仙女座螺旋星系在地球旁呼啸着掠过，震荡起
小小的风
拂起了你鬓边的几根短发。
你嘴唇动了动，像在微笑。想必又是美梦吧。

月蚀

天就要黑了

繁衍的星光
如同雨滴
敲打
房屋、山脉、河流

一棵树说
我就此复活了
连同被淹没的
苍白的大地

星辰与海

你住在风暴的源头。
你的鬓角是永恒的西风带。
你的鼻翼是旋转的热带风暴。

你眼角的余光在我的心上打水漂。
每一个涟漪都凝固成一丛珊瑚礁。
沉落在海底的光隆起成岛屿。

你举步走过巨人们的领地。
他们拱起脊背匍匐在天狼星下。
你的足迹是黎明山巅的云。

你住在星河的一头。
你挥动星河像挥动一根细长的竹子。
四散飞迸的星是喂养鲸的歌。

穿过河口的鱼群唱着歌途经我的血管。
你建筑了大洋中每一条无形的铁轨。
作为探索者我怎么买到你的指北针？

远游的人在你的吹拂中迷路了。
一个骑手徒步在海藻的丛林。

瓦砾

你所标注的印记都在星云间荡漾。

你住在极地的顶点。
你封冻了海面但是你留下了更深邃的汪洋。
你指给我闪烁的言语指向更摇晃的宇宙。

我像一头麋鹿发现了夜空的美。
仰头咀嚼月光里浮动的青草。
踏着波涛找寻着北极星旁的洋流。

你住在风暴的源头像个孩子。
你用蓝色的光涂抹黑色的幕布。
你不经意消灭了我因为你住在记忆的源头。

如果你吻我

如果你吻我，你会品到一个鸟群
她们在镜子中惊慌飞散

怯生生的鸽子落在楼顶咕咕叫
黑水鸡小心翼翼躲进草丛

如果你吻我，你会品到
风起云中鹞，雨困窝中燕

如果你吻我，你会品到一条河
它从枯水期醒了过来，悄悄漫上堤岸

你会品到苏醒的鱼群和草虾
你会品到拔节的芦苇和水底的春雷

它从高山而来，它从峡谷而来
它呜咽着，像个委屈的孩子

真像个孩子啊，想念着它的亲人
如果你吻我，你会品到满嘴的咸

如果你吻我，你会品到

瓦砾

风吹春水皱，雨落水连天

如果你吻我，你会品到一条道路
它穿过冬小麦、新盖的厂房和机器的轰鸣

它拐向国道，伸进一座城市
路过加油站、超市、城中村和花团锦簇的北凤道

时值暮春，这条路我已走过半生
你的舌头会品到风尘仆仆

如果你吻我，你会品到
风来一阵土，雨去一片泥

蜃

你一呵气，海上就起了雾
你吞咽海水，吐出高耸的波涛

山岭从海底隆起，阻挡北去的洋流
无数个旋涡劝导着巨轮驶入深渊

在雾中你大理石的脸颊若隐若现，在雾中
你的唇包裹着我，像乐手演奏一首哀伤的曲子

萦绕着雾气中岛屿的，是断续的假声
岸边的海浪是低声部，它低哼着咬你的脚趾

船头的水手窒息在幻想中
他指向更深处……"我爱这伟大的斑斓"

直至沉没在最深的绝望里
在海底，在海沟深处沉沉睡去

沉沉，沉沉的你的身子
和你脚下匍匐的力士

火山丘

我缄口不言

我生于斯
盘踞于斯
裸露

奔腾的火藏在我脚下
怀中的湖水
映出蓝天的颜色
和雁鸣

我的湖水聚于斯
躺着
如一枚落叶

听

你的声音是蓝色的，有时
又带着一点点明黄，那是初春和仲秋的颜色
像是石子扔进了微寒的二月

是醉后突然醒来
耳中依然传来灰蒙蒙的回声
仿佛车轮碾轧铁轨，载着你的火车隆隆远去

坐在刺槐树下，你的声音
是铁棒轻轻敲击三角铁，"叮"的一声
如同槐叶间漏下的光斑，散落在脚边

初夏的正午，你剪了发，换了薄薄的衣衫
你的声音是连绵的，是起伏的
那声音每一次涌来，我都想俯身向你

骤雨初停，屋檐还在滴水，屋子里依旧暗着
我像个老旧的人在回忆，在倾听
那徘徊着的，像弹琵琶的人反复拨弄同一根弦

一个月的乳狗伏在脚边哼哼
那就是你的声音吧，我低头摸了摸它的脑袋

瓦砾

是的，还掺杂了窗外东南季风的低吟

是，这就是回忆
在冬天，是你发丝间的静电，噼啪响着
烧灼着我的指尖，它是蓝色的

五月

你回身拉上窗帘
也顺手隔绝了整个五月
你隔绝五月，用了窗帘、一束百合和你的双翅
南海边的五月，我坐在泥泞的面馆里
像个溺水的人随着门外的人流起伏
风暴停在外海，虎视着河流的三角洲
我是那个醉酒的天气预报员
用手指胡乱拂过一片片滩涂
你挥动双翅，用蓝色的羽毛召唤我
你把我从五月的溽热中轻轻提起
像是从水中提起船桨，桨尖依然滴着水
或者从雨后的田里拔起一根萝卜
你抓住了我像抓住了一条滩涂上的鱼
顺手扔进黑暗，于是我失明了
直到你从甬道的那端走来
像只昂着头的骄傲的小公鸡
在柏油路面的甬道上你的脚步震颤着我
你收敛双翅因为它们尚未发育
你收敛双翅因为它们是蓝色的
你带来了光，在五月的亚热带
那些光即使在黄昏也是炽热的
你回身拉上窗帘

瓦砾

你说，你命令我
你说，你引导我像个幼儿园老师
你说，但你闭了嘴
你不容置疑的声音像是
正午的铁锤锤打五月的铁砧
我带着百合，垂死的夜晚的纪念
我带着贫穷，无数孤独的幻想
我带着悼念，蓬勃的少年在向你致意
但你拉开窗帘，像只骄傲的小公鸡
把我顺手扔进夜色，让我隐藏在流光中
而我从光的另一端回过神来，合上书页
站起身，把你插在书架的某一排
隐藏了百合、月光、雨季和你的双翅

雨季

雨季来了，河面上雾气停滞
火苗静静燎烤着清晨
像一只橘猫，在天花板上
留下炽热的脚印

载重卡车运来成吨的云彩
停在你的上空，它同时带来了
酒精、汗渍和午夜的幻想
譬如我对你的赞美

你的眼紧闭像是从不曾睁开
你看见的美总不如你没看见的
你的睫毛像路边的萱草
就像萱草，早一日晚一日，总会不见

雨水浸润了你的脸颊
你的脸颊像是去冬的红日
你颧骨上细嫩的绒毛悄悄站着
那不能倒伏的，像我的低语

我病了因为你的沟壑渐满

瓦砾

我病了因为我在你的沟壑中窒息
我习惯了冬季因为你的下颌
我抑郁直至我吻你的另一个下颌

你是去冬的桃核，开始在雨水中胀裂
雨季来了，你像夏季的风
雨季来了，你像一匹儿马蹦跳
低头蹭我的衣襟，好像我是

另一个骑手，驰骋于沙砾
在干旱中觅食，从不奢望雨季
执着于泉水，甘甜、绵软
我是沙砾中的走兽，堕落在雨中

堕落于层层包裹的玛瑙般的你
像一只蝴蝶在傍晚扇动翅膀
堕落于毛发丛生的中年
像孩童迷失于沟壑纵横的阡陌

譬如你的脚踝，譬如你的脚趾
你的脚趾像是盛夏时节的萤火
你的脚踝像是盛夏时节的流星
我最终将迷失在对你的赞美中

载重卡车轰鸣着，鸣着长笛
几千台钢铁的怪物碾轧着柏油路蜿蜒而来
然后乱哄哄地堵在 105 国道上
它们留给你雷雨，而将洪水倾泻给了我

窗

你得想象它的形状，譬如
正方形。但它得是
三维的，譬如，一个
汉堡。有点儿圆……你得琢磨
一个长条形的东西能加入
一点点时间，那就是
四维的了。等于
你发现了亚美利加洲，甚至
了解了地球仪。所有球状的
东西都是禁忌。譬如
你摸着一个球，然后
开始想象时间（流动的）
这就很危险，因为未知
包含了所有的有毒事物
——火药、印刷、占星术
龟甲和它们的形状。
太复杂了，因为
世界的流动无法确定
你不要总是这么告诉他——
别拿那些乱七八糟的事儿
威胁自己，这很没意思
这世界总是黑漆漆的

哪怕你演奏了整个的
巴赫、贝多芬和德彪西的音乐
一个一个蹦跳的音符
叮叮咚咚，黑漆漆。

月光

请赐给我午夜
赐给我你额头上的一斑

父亲

在叮叮当当的敲击声中，我进入
童年。在回忆中，在睡梦中
那些声响变得无声。午夜至清晨
一个个洋铁皮桶、洗衣盆，甚至
还有煤油炉，在我睁眼后
一个一个列队在我眼前。星期天
父亲，骑上他的飞鸽牌二八自行车
在北陶管营，在艾头，在张管营……
在这些村子，来回兜售。他还
诱捕野兔。在夜晚的乡村小路上
设置机关，那些小小的圈套我至今记得
我还记得三毛钱一张的兔皮
我的工人父亲，用他灵巧的双手
在田野里挖掘着。其实他是
半个农民。在用钢铁的工具不停地挖掘中
和他的加重自行车一起慢慢衰老
自行车成了摩托车，成了
大发，成了昌河。而时代的变化之于他
是他差不多掉光的头发，他疼痛的腰
他的肩膀，他的鼾声，他布满伤痕的手
他会给他远方的儿子打电话，在电话里
他先咳嗽一声，然后再咳嗽一声

声音犹疑，比平时提高了声调。他说
你还好吗，也不给家里打个电话
你妈的胃病犯了，昨天输了液
我支吾着，仿佛我不认识他
那个年轻的、擅酒的，扛着一捆油毡
走四十里路的父亲。直到放下电话
想了一会儿，我才慢慢想起
是他，那个退休在家，仍然闲不住的
魁梧的、发胖了的、动作越发迟缓的老人。

手工记

我继承了父亲的身材、酒量
以及谈笑间夸张的虚荣，是不是
也继承了他的双手？当我
试图通过锉刀、锯子、台钳、手电钻、砂纸
去验证：一粒菩提子，一颗象牙果，或者
一节斑驳的湘妃竹，在锉刀和砂纸下
显现出平静的光彩。世界倏忽变小。
嘈杂远去，万物压低了嗓子
往事像长廊里的一声回响，窸窸窣窣地
擦过墙壁，落在曲折的廊柱间
久远的梦也回来了，清晰得像
昨日的行程。是什么将我置于此地？
置我于落叶之上，如同翻卷的轻风
置我于旷野之中，如同矗立的木屋
沉浸在切磋琢磨中的人是有福的
玩物使人丧志，手工创造了
另一个我。一个小我，独立于人世。
一个大我，劳作着，但忘却了肉身。
如同姓氏，我确认，这也是我的继承。
当我拍打双手起身，世界哗啦一下
潮水般回来，那些工具瞬间变得无用
锈迹斑斑地散落在箱子里。

编篓记

父亲在编一只篓子。用藤条颜色的
塑料编织带。从前，我是说
二十年前，它应该是芦苇，根据直径
用刀子劈成：两片、三股、四瓣……
谁发明了闻所未闻的工具？然后被丢弃？
之后被编成苇席、鸡笼、筲箩、烟篓。
用过的写字本是最好的烟纸
将晒干的苘麻叶掺在烟叶子里，点上
也许你闻到过土坯的香。父亲编的篓子
匀称、细密，闪烁着手艺人
毫无心机的光。篓子是基础课
十六岁那年，他腰身舒展
唇上髭须初长，少年初中毕业
去学了农机驾驶。从此
他是一名光荣的拖拉机手，并开始了他
手艺人的一生……材质上升到金属：
洗衣盆、水桶、水舀子，白铁匠是中级课程。
高级课程开始于讨好他儿子的水果罐头皮风车
然后是自行车、煤油炉和播种机，甚至还有一台
爆米花机！
嘣……四十年后，一个老年人
继续低头编着篓子（小个的，放在茶几上

里面搁着五六个橙子）

篓子的纹路像乡间的沟渠。

当树木被伐尽，沟渠被夷平

他迷失了。他的肌肉没有了线条

他变得更宽阔，也更疲惫……

暴躁，不可碰触，像笼子里的花豹

低低地嘶吼，青年时的智力、记忆

以及伏击时的沉稳，统统丧失。

懊恼沉浸在回忆中……越黑暗越清晰……

决堤的大清河水淹没了庄稼……

小河东的坟地在雾气中……冰床子……拖拉
　机……

父亲低声说，会了。抬起头，扬了扬手里的

双色花纹的水果篓，昂首在深冬的芦苇丛中。

景物、景物……

越过山脉
越过大地
越过海洋
苍灰的翅膀
扇动着

越过山脉
越过大地
越过海洋
苍灰的翅膀
扇动着

暮色下的思想啊
是寂静的幻想的鸣叫

建业里

城市的建设者们就像中学生，他们的
作品，起承转合一帆风顺
道路宽广了，树荫密集了，楼房高耸了，当然
这还要归功于现代语言学对他们的帮助
但还是天然地携带了八股遗风。
绘画、建筑、雕塑，作为填空、选择
问答题，出现在市中心、大型超市
街心广场、环城路。思考题少了一点儿
所以说做一个教师是困难的，对以上状况
基本上束手无策，我建议你们
向街道和小区的命名者们学习
他是个诗人。至少，在命名我居住的
楼房时，运用了浪漫主义。

植物园

我曾以为我喜欢银杏多过紫荆
其实，这是小小的误会

我以为我可以知道每一个殉道者的名字
知晓每一个人残存的希望

但我再一次错了，芦花、蒲草……
统统被采割完毕

曾经享有无上荣光的事物被迫遵循两种秩序
被强行改变的和天定之数

在季节的杀伐里它们才收起仅有的高贵
用羞愧和凋零向轮回俯首

我知道这次不会再错了：
采割者也有自己的尊严。

论死亡

十七世纪的富源村，八十岁以上的老人
被所有人厌弃，包括他们自己。
虽然活着，但相当于死了。
富源村有朴素的哲学，那是
另一种生活，类似于某个
十九世纪初的遥远部落。
死亡太过神秘，如同生殖一样无法揣测。
"它值得崇拜"，富源诗人某甲写道
"迟来的死亡由于它的伟大而令人生厌。"
同样伟大的某甲洞悉了生命的全部奥秘，他明白
能与死亡抗衡的，唯有
"生之气息"。二十一世纪的富源村
轮回依旧。王音五十二岁了。
当阳光照进六楼的客厅，陈旧的书籍之上
无一例外落满了丰厚的灰尘。
他也老了，得了病。
但真正的死亡住在隔壁，磨着
锃亮的镰刀，刀刃上闪烁着九十六岁的
咸腥的死亡气息。你看——
世代更替如盛酒的器具
三百年后，他习惯了玻璃器皿
忘却了陶制酒器的芳香。

瓦砾

为了活着，他离了两次婚，成了艺术家
用手机存储卡对抗缓慢的死亡
并且决定永远活在三十岁。

老虎

老虎从窗户挤进来
老虎从门缝下钻进来
老虎从马桶里探出头来
老虎啊，它饿了
驯兽员当当当敲开门
礼貌地要求你交出老虎
然后告诉你不要出门
因为街上都是老虎
老虎在游荡
老虎从杂技团来
老虎受了严格的训练
老虎在台上表演过"消失了"的魔术
老虎是纯洁的，除了吃它什么都不会
老虎在广场散步
老虎在广场放烟花
老虎在乡村徘徊
老虎在乡村变成猴子
老虎变成猴子吼叫
老虎按了按钮，它们要去顶楼
是的，老虎是一个，老虎是一群
六岁的老虎饿了要七十岁的老虎喂
老虎饿了，要吃，要吃

瓦砾

老虎从雾气里来
老虎从影子里来
老虎顺着消防梯爬上邻居家的阳台
它吃，它吃，它像个小动物
有多小？那么小，小啊，看不见
它在邻居家吃得饱饱的
老虎要去街上啦
老虎要去变魔术
老虎要去找驯兽员
它饿了就要吃，它吃皮鞭
它吃布告，它吃舞台上的笼子
"一二三木头人"它不吃
驯兽员当当当敲桌子
告诉你不要到街上来
然后礼貌地要你交出老虎
你看了看四周
旗杆上的，书里的，微信里的
你试探的眼神在询问，哪一只？
驯兽员当当当敲你的脑门
发现你的脑门是空的
老虎啊，它饿，它饿
老虎啊，一只老虎，一群老虎
老虎从进行曲中来
老虎踩着胜利的鼓点在游荡
老虎，幼小的、健壮的、年老的

老虎从胜利中来，鼓点是胜利的保姆

鼓点是老虎的保姆

但是老虎饿了，它饿了

它吃，它吃，它吃

老虎从会议室来

老虎从发布会来，它饿，它会变成猴子

猴子，猴子，饥饿的猴子

严肃的猴子龇着它的獠牙

老虎啊，老虎的獠牙

老虎匍匐而来

老虎飞翔而来

老虎游着过来

老虎蹑手蹑脚地来

会飞的老虎啊，它饿了

它钻进烟囱，它吃饱了

它吃饱了，它钻进烟囱

老虎看着吃饱了的老虎钻出烟囱

会飞的老虎钻出烟囱

老虎飘在天空

一会儿变成一字，一会儿变成人字

一会儿变成鸽子，一会儿变成天鹅

杂技团的老虎是受训的老虎

它变着饥饿的魔术

它变着三十岁、七十岁和六岁的魔术

老虎渴望舞台下的掌声

瓦砾

老虎啊，它饿了，它要掌声
老虎从掌声里来
老虎从进化论里来
老虎战胜了进化论
老虎啊，它饿，它吃
驯兽员当当当拍自己的心
他礼貌地要求不要动
然后要你交出老虎
你的老虎啊，幼年的、壮年的、老年的
匍匐的、飞翔的、游泳的、蹑手蹑脚的
烟囱里的、变魔术的
你的老虎你交了吗？
老虎从笑容里来
老虎从课堂上来
老虎啊，它饿，它饿
你看见饥饿的老虎，你说"呜呼！"
饥饿的老虎看见你，它说"呔！"

暴雨将至

比往常推后了一个半小时，我开始喝酒，用喝
　　廉价白酒喝出来的奖品。
每一种东北白酒都有奖品
白酒、香水、纸抽、打火机、雨伞、自行车、
　　电视机和酒杯。
我喝出来六个酒杯。对它们，这些工业产品
你没法产生面对水晶一样的感受，就像你参观
　　某个旅游景区，
试图寻找充满挫败感的历史真相。
我喝朋友送的汾酒，白酒瓶，没有标牌
在他的庄园，他的真诚像快开花的大葱一样
或者长疯了的、昂贵的小白菜
他跟我约了几天后的酒场，就像是约了
几天后他和我的订婚宴。我见过
生意场上的严肃的笑脸，几个人在中式茶室里
喝着乌龙或熟普，谈茶具，说这个不值一提
谈论贸易战、外汇交易和股票的涨跌
谈论某个共同熟人的癖好和某位
刚刚下台的前领导。茶太轻柔，好比
八十年代的青年上午十点相约在人民公园
只为了轻言轻语几句单位和几毛钱一盒的香烟
商务活动总是像酒后抑郁症一样，令人厌倦。

瓦砾

一个写作者在虚构自己的灵魂，假装这些事是另
　一个人做的
每个人都可能人格分裂。你鄙视另一个你
好像你不得不如此，就好像你原来
不曾鄙视过你自己一样。一个诗人
不得不去描绘另一个人
这一切太正常了，就像你七十二岁了，在早市
大义凛然要求你买的黄瓜不能带着塑料袋称重
然后义正词严谴责他不给你塑料袋
最后化身旁观者微笑着点赞了刚才的自我，忘
　记了
你也曾只有十八岁，一个少年、一个少女
在最懵懂的年纪祈祷世界和平，在某个大师的
　注视下磕几个不专业的头。
这样，在另一个
夜色撩人的时刻，你就可以端起酒杯来
平淡地提几句，以便随时可以感动
摇晃的酒杯里的自己，并从此
开始酗酒的一生。真是潦倒的一生。
每一次你的宿醉，每一次你的忏悔
停下，停下……当你真的停下
你的睡眠就像你的初恋，永远在不远处
电波一样盈盈地笑，当你近了，近了
那个手忙脚乱的、青涩的少年终于回来了——
突然响起的拍门声、莫名出现的脸孔、倾覆的

空间……

任意一个场景都让你突然惊醒

你醒来，察觉到满身的汗水。你回忆着。

像个在旱季的清晨醒来的狮子，在尘土中起身

走到窗前就像走到你领地的制高点

用你经历的每一个夜晚，抬头远眺：

乌云密布在十里外的草原上，闪电静静划过夜空。

雨水吟

如果不是雨，我不会喜欢这里
虽然这里有不小的水面，还有环绕的群山
而水是我所喜爱的，山也是
但我依然麻木
这不是我所喜爱的水，我所喜爱的
翻过山去就能看到——
它在那里流着，汹涌着，挟裹着泥沙而去
是啊，我喜欢的水，是流动的。在黄石
在停靠在江边的游船上
我们喝着啤酒，吃着烧烤
嬉笑着，我说，我是个诗人
"星垂平野阔"，而长江
在流。它在流。暮色迅速合拢，给江水
蒙上十数层细纱
远处的西塞山慢吞吞淹没在水中
而雨是不同的。雨水改变了这一切。
如同它改变了我窗外的一切，它也
改变了你窗外的一切。那里
有山，有葱郁的树木，有汇聚的溪流
有盛放这些雨水的容器
于是这个容器是活的了，起了微澜
于是山的倒影也在荡漾，溶解在了水中

于是你的容颜也变了，在雨水中空蒙迷离
因而我变得快乐？或许吧，——还夹杂着
莫名的悲伤。在我的世界，雨水总是悲伤。
为什么非要把自己伪装成客观的诗人呢？
这是笑话之一种
他明明就是象征主义的学徒——
还是在雨中，他露出了真面目，一个孩子。
这世界上的孩子，要么忧郁，要么淘气
要么既忧郁又淘气。另一个也是如此。
所以一个孩子听另一个孩子谈论未来是不可信的
微凉的午夜传来的雨声
淅淅沥沥的雨声，顺着枫杨树的枝叶
滴落在甬道上，大一点儿的水滴有大的声音
小一点儿的水滴有小的声音
其中夹杂着一两声鸟鸣
淘气的孩子能听见复杂的声音，但不能就此说
淘气的孩子就复杂
他依然单纯，有一颗随时可以流泪的心
而自然是如此伟大！左右着一个人
覆盖着一个人
水是其中之一种，拥有着
最纯粹的力量。它从天上落下来，密密地、细
　　细地
在近处浸润了你的头发，在远处浸润了散落的
　　山峰

在更远处打湿了开阔处的江面

在雨中江水更急，有些匆匆

夫子说，流逝啊，就像这样，没日没夜

是啊，它在流。但是它浑浊了，也不见了鳜鱼
　　和白鹭

当我在晴日登上西塞山，俯视江水

那红色的、黄色的江水啊，让人心酸

曾几何时，我说，我难道不能是长江？

浩浩万里奔流的江水，当得起千里一曲。

当我在雨中回忆那一刻的时候，想起的却不是

站在西塞山顶眺望，而是依然坐在江边的游船
　　上，望着远处

探入江中的西塞山，横亘的西塞山，折戟沉沙
　　的西塞山

是啊，我的确是这江水，远远地奔来了

从清澈流到浑浊，撒着欢儿向东而去

而你竟是这静静矗立的西塞山，不改颜色地站
　　在那里

不由得我拐了一个大弯，无奈地向南了。

雨

——仿大解

中天的星星偏了五度
东风吹动雨水
带来湿润的你

你就仿佛
上弦月的月晕
散发着长了绒毛的光

或者你就是月亮本身
将天空涂抹上羞怯的颜色
然后悄然隐身于云彩的背后

漫天的云彩有福了
云层里最细小的水珠
都感染了你的光辉

当风从远方吹来，摇晃水杉林
到底是它们带来你
还是你把它们轻声召唤？

当云彩的颜色越来越深

瓦砾

是上升的水汽蒙住了大地
还是因为你刻意地隐藏?

光就是动力
一旦变得湿润
她的力量就会浑浊

云层之上的你啊
高天上的主宰
驱赶着水的大军

谁说皎洁的你只能压抑自己的欲望?
那一刻你不再羞涩
漫天的星辰为你见证——

你策动了一次哗变
你使最温顺的水
有了躁动的心

驰骋的光变得弯曲
那是你挥动马鞭
在天空指引雨水前进的道路

那闪耀、跳跃的皮鞭
仿若你的眼神

凌乱、迷惘、疯狂

激动的兵士化身为雨
向着大地前仆后继
舍身冲进了轮回

当它们呐喊着前进
大地被掀起一角
天际传来隆隆的开裂声

世界为你颤抖了
不是因为恐惧
而是因为无边的激动

从天而降的雨水啊
冲刷着大地
也浇灌我焦渴的心

用你赐予的细小光芒
和无所畏惧的勇气
雨水顷刻间覆盖了一切

因此我的眼中只有你了
天地之间，万物之中
你有万千的化身

瓦砾

高天之上你挥洒的
云层的罅隙里你飞扬的
江河的流淌中你辉映的

河堤上的草丛
树木巨大的根系
隐伏在黑夜中的动物的毛皮

最细微的最有力量
万物最黑暗的内部
也有了光的种子

当所有的光汇集起来
像一支巨大的鼓槌击打着我的内心
奏成了一曲连绵不绝的乐章

那是你的面容
是你灿烂的笑
和翘起的嘴角

那是你的发
是缕缕纠缠
和翻卷的波浪

那是你的脖颈儿

是你的双乳
和起伏腰身

地上的众人啊，这是你们所不知晓的
因为你，因为雨
整个夜晚飘散着你的体香

每一颗雨珠都冰凉得滚烫
烧灼着我沸腾的细胞
我甚至听到了你的喘息——

照彻肺腑的雨啊
再一次让我从懵懂中惊醒
像火焰般将我点燃

风是信使，是最体谅你的友人
它带来微曦的晨光
替你驱赶疲惫的军队

此刻你重又孤独
透过灰白的云彩
流露出你的隐忍

我从不惊讶你的善变
你可以是银辉，镶嵌在浮云的周边

瓦砾

也可以是朝阳，从树木的枝叶间洒下斑驳

穿梭不息的风啊
大地上最善于倾听的旅人
请你给她带去我的问询——

点燃我生命的你
擦亮我灵魂的你
是否也曾察觉到我的孤单？

风不言语，匆匆远去
水杉林中传来的，是她的低语吗？
水杉摇头，代替了她的回答

最愚笨的我，早该知道
你从不单独将我照耀，哪怕
对我最严厉的征服，于你也是无意

而我又如何能要求你只属于我？
就像最狂暴的一刻
我曾暗自祈祷，停下来吧，成为永恒

就像这清凉的一刻
我忽然觉得自己是个富翁
拥有了世上最大的财富——

晨光洒在因雨水的加盟而汹涌的河面上
滟滟随波几百里的波光啊
都是我的散碎银两

而沉默的你却有着冷酷的公正
从不理会我的妄想
将温暖均匀地散播给地上的众人

于是，风吹开云彩
吹开林中和水面上的雾气
将晴空重新还给喧闹的浮世

具体的

——致泥巴

你不能描述过于抽象的事物
譬如乡村。你不能描述
她的美好，那些你没有经历过的
直挺的麦穗和低头的黍子。
你不认得它们，不认得
育种、耕种、养育
和无休止的劳动。那些太具体了
而你不认得具体，哪怕
道路上的泥浆，突至的倒春寒
和我美好小院里没有下水道的
事实。你也不可能描述
苏州河畔的美丽景致，因为
你得考虑房价、儿子的婚事，
以及退休生活。你的逃避
依然毫无意义。你假装这一切
压根不存在，你想象那些
虚幻的美好，抽象、简单、朦胧。
那么疾病从何而来？从抽象而来？
不，不，不，它们太过具体
就像是，你对我诉说的
我对你倾倒的，两个具体的

病人，在医疗之外的琐碎之处
相互治疗。它们，涉及
睡眠、饮食、莫须有的声音
和残存的理智。承认这些如此简单
譬如，你所使用药物的名字
你治疗的周期，你就诊大夫的
性别、姓名、容貌……他的语气
你是怎么记住的呢？城市、乡村
统统消失了，只剩下两个病人
在无边寂寥的世界里
各自在纷杂的具体中，一点儿一点儿
承认这魔幻的世界：它具体到
某时某刻，某人某地
空洞、乏味、丑陋，切实而具体。
记住它，因为这就是你要描绘的。

河中谈

——致风华、灿枫两兄弟

一

汽车在海面上开着，不时
惊起一条梭鱼，或者一只东方白鹳

水草缠住了车轮
邵风华不得不停车
站在水面上，弓着腰
撕扯那些绿色的水生植物

二

一只黄鼬从车前一闪而过
从左边跑到右边
它笨拙的身影让我想到了它的家庭

三

在我的梦里，世界就是
一个村子，我的爹妈
和另外几个不相干的人

我醒来，世界是漫无边际的芦苇和蒲棒

四

海潮远远退去，所以我以为
大海不会再回来
即便它留下了滩涂、红草

车子重新启动，碾过沙丘
碾过几滩滞留的海水
追逐着退却的海潮

五

我以为它会浩浩荡荡地汇入海水
且看——

乌泱泱的人
沿着八百里的渤海湾
前赴后继跳进蓝绿色的菜汤

六

天空被风吹过来
荡漾在我们头顶之上

丝丝缕缕的云拂过耳畔

汽车切开起伏的波浪
留下一条溅着水花的柏油路

七

邵风华，你生在海滨，还是河畔？
最小的海，最浑浊的河流。

我知道很多洄游的鱼蟹
它们有的远走他乡，有的无声忍耐
有的选择了死亡，多遥远的绝望。

邵风华迷路了
他开始找硬币
明明是他扔，他却说，你猜？

八

我见过死去的黄河

醉醺醺栽倒在地上
一边叫喊一边粉碎

死了

没在这，在那。

你看看，这个东西，有几条命，唉。

九

云彩升高了，像天鹅
飞着，盘旋着
盛开着，随之凋零

铺满了天空的黑色花瓣
铺满了河面的黑色羽毛

十

黄色和黄色混杂在一起
只有黄色是清澈的，黄色是

一条河流最后的质地
是流动的水中最纯粹的水

不能被分析，不能舀一勺出来
等着沉淀，不能用清澈来形容

瓦砾

不容分辩，像一张密纹唱片
刻录了一十二省拥挤嘈杂的声音

青海起伏的草原有低矮的声音
为了躲避低首的牦牛们哞哞地叫

甘南的黎明灌满了飘荡的落叶
低海拔的阔叶林像多声部的合唱团

黄土高原下是一群吭哧吭哧的人
他们挥舞的手臂带着红色的火星

郑州段抬高的河床上有两个人的呻吟
她说，我唯一的你，爱我

钱塘江边的枫杨树也滴落黄色的雨
像三千个手指扫过大地的键盘

直到南海深处，安康鱼的额头闪着光
像一面小锣点亮了黄河三角洲沉寂的夜

黄色的河水翻滚着
十万个大宋的画工用宣纸描绘的波纹

被次第投入水中，打着旋，被河水舔舐
瞬息间消逝在无边黄色浪卷之中

十一

初秋的风从太行山跃下
掠过华北平原，抵近
白日之下斑驳的三角洲

正午时分迟缓的三角洲，挺起他宽大的脊背
将蜿蜒万里的黄河，轻轻送入大海

瓦砾

雨中谈

一

求偶的燕子在雨后离去，
它们聚集在一起，像一个游牧的部落，
赶往南方，度过又一个杳无音信的冬天。

微雨中，燕子
是一段一段简短的旋律，
麻雀是休止符。

二

鸟类给我带来讯息，
告诉我某些在细雨中依然闪亮的东西，
譬如橱窗上转瞬即逝的小小投影：

五只新生的燕子嗷嗷待哺，不一会儿就扑扇着
　　翅膀飞走了。

三

草木留下更玄妙的记忆。

除了家族，它们还有
根系、枝干，以及空渺的 DNA。

它们默念的低语散布在风中，
它们的体味随着雨水在地下交融。

雨中的世界是它们的，
泯灭的万物终归于此，乃至亡灵。

四

高天撒下渔网，打捞云彩下漂流的亡灵。
网眼里洒落的细小灵魂，淋湿了我的额头。

五

在雨中，这个世界更像一个整体。

一条路从树丛中伸出潮湿的手，
一个农人从田里拔出泥泞的脚，
一只野鸽子站在黑黢黢的电话线上，
一行标语斑驳着几块灰白，
一块没有收割的庄稼和周围的旷野
构成了一块块拼接的湿漉漉的地图。

其实是更破碎了。

六

我曾见过雨后旷野上的日出。
它是野生的，顶着一头乱蓬蓬的头发。

七

烈日不能安抚焦虑的心，
唯有阴雨带来长久的安慰。

烈日像蜥蜴，阴雨如牡鹿。

烈日将一切消弭，
阴雨将过往呈现。

阴雨使墙壁和墓穴显露出曾经的痕迹，
它是时间的使者，让我知道我的根。

八

有时候我觉得酒精可以拯救一颗孤独的心。
有时候又觉得生活没有意义，
活着，已经足够。

雨水解决了这些无聊的彷徨——
沉浸就足够了，思考显得多余。

这足以证明一个事实：
每一个蠢货都是干燥的，
需要一场场雨去滋润。

九

"生是欢愉，死是迷恋。"

水生的事物懂得太少了，
就像胎儿，安静地闭着眼，
时不时咂咂嘴，沉睡于羊水中。

瓦砾

道中谈

一

雷公一声不响地抡起铁锤
在黢黑的铁砧上
敲打那条湿毛巾

铁砧旁炉火通红
将岭南之地罩于脚下。

二

广府人邓高神习惯了
雷声普化天尊赐予的一万年溽热。

他有朴素的世界观：
有阴有阳，阴阳交错。
这世界到处都是相对的
他恰好可以躲在"热"的反面。

三

更朴素的道理蕴藏在古树下——

交合都是为了繁衍，而有些人
太过耽于享乐，忘了生命的真谛。

邓道长初通此道，因此
他繁衍了三次，得以用三个面貌
在凡世重新活过三回。

四

人类自此而来。
遵循最本初的规律：不必想，去做。

江水向东而去，人群自北而来
越过山岭"阴"的一面，到达
无限开阔的"阳"。而后
如同植物的孢子，在风云流散中
无声地扎根于细微之处。

五

我思考，因而犯下同样的错误。
在某些时刻，有些人称之为罪。
丁是我犯了罪。

因为无知，我卑微的灵魂无处悔罪。

瓦砾

我求助于酒（用来祭祀的酒），试图
获得片刻的安宁。

但物质再一次击溃我
让我坠入无尽的虚空。

六

邓高神道长向我举杯。

离开之后我依然感念你的厚意——
以默默的温暖接纳我喧嚣的陌生。

同时让我明白：虽然你
轻视这尘世，却依然与它
保有一百毫升酒精的联系。

七

一个外省人在梅岭上是机缘
一个失去好奇心的外省人在梅岭上
显得荒谬

你能理解的事物：
豆制品、岩石、冷空气和暧昧的人群。

你不能理解的事物：
昆虫、传说、宗教和方言。

为什么你对不能理解的事物没有了耐心？

八

各安天命的长者和跃跃欲试的青年
你们有各自的刚愎和愚蠢
惭愧啊，我的数倍于你们

我向你们致意，请你们
给予我全部的教导——
如赣江的清风划过梅关。

于我，无所补，亦无所失。

九

我是溃败的，因此
向未知而生的人值得敬畏

譬如诞于石中，譬如死于炯草
譬如对祖先的追忆，譬如长生。

酒中谈

——致永伟、津渡两兄弟并诸君

一

从宿醉中醒来，不愿睁眼
去看这个和酒中不一样的世界。

也不愿回忆。回忆是艺术品，带有
修正的功能。你需要狠下心，擦去一切修饰
才能看到色蕴如是，受想行识亦复如是。

二

纵酒的人在橱窗里
纵欲的人在福尔马林中

所有骄傲的、前进的、倒退的、与众不同的
都被隔离在视线之外。展览品，你们好
你们有，赋予我们活下去的气质。

三

但相比你们，我们更想

活下去。我曾站在窗边，鼓励自己
跳，跳吧，为什么不跳？

那是用酒精的鸟喙，衔来的死亡之籽。
那是用酒精的细流，浇灌的死亡之花。
那是用酒精的白光，照耀的死亡之果。

令人厌恶的道德绑架，伙同生之土地
掐死了一切，将你从一个虚空拉进另一个虚空。

四

因此你不能信任一个醉酒的人。
他丧失了"超我"
在酒精中实现了对"本我"的肯定。因此
你会相信一头野兽吗？会相信被情欲支配的
超越了"经验"的一具肉体？

"经验"告诉我，那是"真我"。

五

"他人即地狱"，我囿于一隅，做个旁观者。
但我厌恶自己胜于厌恶他人。因为我更善于
旁观自己。我单独学习如何观摩一个智障。

我反复学习，以免忘记，我不是那个智障。

因此我羡慕你们，一个脱离了低级趣味
在酒精中找到了"忘我"；一个更高级
探索到了"真我"。朋友，你提笔的姿势都让我
　意识到
我白白活过四十年，来，敬你一杯。

六

醉酒，是正确的。
无论你们往前，到"艺术"中去
还是倒退，回到庄子和王羲之身边。

现实只是杯中洒的酒，盘中剩的屑。
呜呼！且尽杯中酒！

七

人行道上，隔几米就有一摊狗屎。
有新的、有旧的，必须低着头小心点儿
才能避开它们。但我实在没资格
评价养狗的人。谁养狗不是如此？

我们都放低了标准，偷着过。

我们都弯着腰，假装自己没来过。

八

一喝酒，心肠就特别硬。
失去了各种，放弃了各种。
拒绝了一切，甚至是玩笑。

但又突然柔软下来。
像一只扇贝、蛤蜊、鲍鱼，失去所有器官
只留下柔软的身体和柔软的心。

残留的柔软告诉我，我爱，依然爱。

九

白蜡的叶子落了，白杨的叶子落了。
银杏的叶子热烈着，退休的老太太们排队去看。

泡桐的叶子，枫树的叶子
乌桕的叶子和无患子的叶子
——给我提示：腊肉的季节，醉酒的季节
在雪里蕻下水的季节来到了

喝醉了酒的妇人，用热烘烘的身子等醉酒的你回家。

十

二人对坐山花开，一杯又一杯。
孤单的人啊，一杯一杯又一杯。

每个人的温暖都是有限的，恰好
你们可以抱团取暖。

即便，你们仍然孤单。

苍穹之下

——致米粒

早晨六点，你从里弄出来
赶第一班地铁，相当于
从二世纪的华亭，赶往
十八世纪的松江。你的身体告诉你
加速。即便二十一世纪了
你依然无法区分身体和灵魂
你无法体会的身体，你四世纪的
（你小巧的、不起眼的）身体
告诉你：深海的码头和免税区
都不能成为你的保障。你甚至
面临被开除的危险。你想做一个
孤老的福利主义享受者，还是
一个驿卒？越洋而来的理论不断超越
黄浦江下经过严密计算的钢铁机械
它叫唤着，向每一个现代教育下的人类
挑衅——谁无可替代？
十五分钟，你经历了
整整二十个世纪，在列车上
你的记忆，停留在八世纪的某一刻
因为世界是唯一的，它亘古不变
哪怕一刹那。当你走出出站口

瓦砾

造物主用他巨大的探照灯扫过地面
你走在高耸的楼宇间，像一只
小小的文鸟，蹦跳在阡陌纵横的稻田

雪中谈

一

三个人终于到达北极，在一棵
松树下，种下一堆雪

像在举行一场葬礼

二

我年迈的爹推开房门，说
"吼！推不开的门啊！"
他的原意是说，你看，这大雪啊
该怎么办呢？他想说给屋里，我年迈的娘

然后他拿起铁锹，开始铲齐膝厚的积雪
就好像听到了我年迈的娘不用说的指令

三

上帝分派他无限的资源——
在高纬度地区降下雪
在低纬度地区降下人口和炎热

139

瓦砾

炎热让他们的口音充满音乐性
那些说起话来都像歌唱的人
用红色的热情覆盖了季节河和沙砾

四

永恒之存在用雪覆盖一切无用之物

信仰是另一回事。万物如刍狗
道德在星云消逝处仿若彗尾

永恒救我于无形
伦理弃我于不顾

人迹经处,雪,更复肮脏

五

雪用来清洁
河流携带了雪的基因

热不能带来秩序
他们决定用霾代替雪

六

《雪经》云：其色如赤，妖孽横行；
其色如碧，不可知也。

又云：帝曰，雪不胜雨，以其清也；
雨不胜雪，以其溃也。清溃不一，其祸一也。

七

旷野中，狐狸踩着滑板在捕猎
田鼠也同样，它的技巧更高超

机耕田里，雏鸡在白色的地上
跳着孤寂的舞步

为了越过和李四之间无法弥补的峡湾
张三在黑色积雪的街道上穿梭，驾驶着机帆船

八

小区的园丁喝醉了，夜半时分
他被尿憋醒，走到门外，睁开惺忪醉眼
哧哧笑着，眼睁睁看这

飘舞着的世界

九

大雪纷飞时我的爹娘正年轻，尤其是
我现如今颤巍巍不能自理的娘，她曾是
这世上最昏聩的女王

她的继任者们，依次继承了她的血统
愚昧、自私、跋扈，但是太软弱了
一边哭，一边在雪地上踉跄

十

雪落似余烬，积雪如狂歌
落雪在腠理，积雪在膏肓
幸甚至哉，歌以咏志

云中谈

一

怀着孕的云来了，它孕育了暴躁的水、沸腾的
　闪电
和不苟言笑的神明。寓身于云彩的神明
显示他冷酷的一面，用惩罚来告知人类——

在所有莫测的事物中，在只有抬头可见的事物中
你只能低下头来，瑟缩于一隅，垂首敛手
做一个倾听者，才能成为一个，安全的罪人。

二

风才是推手
风掠过一切事物的表面
带给它们最终的告诫——
笨拙的硬物变得顺滑，坚固的石头成为沙砾
顺带搅动大海，让洋流在海岸不远处逡巡

你看，世上的一切都是风雕塑的

风是日常的管理者

三

而在西太平洋、墨西哥湾和密西西比平原上空
风变身为"匪徒",驱赶着最狂暴的云
直至它们像受惊的兽群,闯进新旧大陆的腹地
奔跑,咆哮,横扫万物
像最调皮的孩子,闯下最大的祸

而造物主,在亚马逊的丛林中
喜悦着,看他最疼爱的小天使蹦跳着追一只蝴蝶

四

造物有另外的训诫(更温和,但是更绝对)
他赋予一切事物以弧线和螺旋

旷野中伟大的建筑工人最了解这一切——
在风中,蜘蛛选择了圆形的罗网
在金合欢的枝条上,织巢鸟编制篓子
在野外,蜜蜂把所有六角形堆积成圆
海螺模仿了大海的旋涡,蕨类伸出菊石一样的
　触手
它们是数学家、力学家和材料学家

开放的直线没有尽头，至此
人类才得以了解，日心说、万有引力定律和旋
　转的电子

"曲线属于上帝，直线属于人类"
磁铁用看不见的"场"揭示了这秘密的一切

五

我曾在黄昏起飞，掠过白杨树梢
掠过故乡屋顶的砖瓦，掠过盛夏青绿的原野
在熟悉的事物中，我有平和的心情

而当我向更高处飞去，我的肉身越来越轻
云层之下的秩序变得琐碎而陈旧，当我穿过浓
　密的云
我浑浊的部分，眼、耳、鼻、舌，被水汽反复
　清洗

连同我晦暗的灵魂，我全部的肉身终将成为雨水
泼洒在旧的世界，只有一小块意识，终于跃上
　云端
在那之上，是蔚蓝的天空、浩渺的宇宙和璀璨
　的星辰

六

我们敬畏所有不得见、无所知的事物
我们赋予这些未知之物以意义，与想象中相反
我们的好恶
像温度计，刻度高处是神，刻度低处是魔鬼

而云层之上超出温度计的部分，是永恒的造物

七

于是我终于抵达了澄明，像一粒电子
脱离了原子的束缚，游荡于无垠的时空

没有过去，没有未来
没有慢慢，没有匆匆

没有近在咫尺，没有远在天涯
没有有，没有无

这是你从没领略过的浩瀚，乃至没有边际
这是你第一次见到的微渺，以至小于所有卑微
　的想念

万千的星系滑行在耳畔
呼啸而过的光忽闪在眼前

你通晓了造物编排的一切
仿佛自己也化身为神明

但当你行至"无限"的边缘
黑黢黢的墙壁让你瞬间苏醒⋯⋯

这是我在云端所见的一切。我为我的狂妄
为我不知羞耻的梦，再一次感到抱歉。

八

银河在眼球里旋转，陨石撞击着皮肤
细菌寄生于肚腹，黑洞隐伏于脑中
纵横的山脉在体内隆起
罪恶的河流在体内肆意冲毁堤坝
茂密的丛林覆盖暮晚葱茏的抑郁
午夜情欲的草原被红细胞点燃了，燃烧着火焰
清晨的云彩在正午降下沁凉的冬雪
四季以须臾为单位错落轮回

你看，它们聚在一起，有条不紊地毁灭着这个
　　肉体

人类所有的不道德，皆源于愚昧
源于我们太过复杂的生命，真是个泛滥的宇宙啊
像西风带一样涌着不停息的波涛

九

生产过后的云彩异乎寻常的温顺
就好像她是夕阳养育的未经世事的小女儿
用即将永逝的身影和七彩的虹
示好吓破了胆的人
借以掩饰她捉摸不定的脾气和经久不散的妊娠纹

十

云，聚集的水汽
更大的云，聚集的未知物

同往常一样，造物在一百二十亿光年之外
玩着他的悠悠球：闪着金光的蛇夫座环状星系。

书简（节选）

一

今天天气很好，开始给你写信
我总是在阳光灿烂的日子无所事事
也总在阳光灿烂的日子没有好心情。
所幸昨天刚刚下过雪。你打来电话
说你，正在和朋友们一起喝酒
我羡慕你的生活，自由自在
我厌恶你的生活，穷困潦倒
但现在我不和你讨论你的生活
我想和你讨论生活的可能。
而可能性又太多了，简直
无法讨论。不和你讨论这些了。
说说雪景吧。乡间的雪景
是否一如既往的美，是否
一如既往的肮脏和泥泞
多希望雪能一直下。把该覆盖的统统覆盖
要么就在落地之前消失
不是变成雨，滴落在地面
是梦幻般地在接触物体之前消失于空中
这句话有些拗口。我是说
你们围着火炉，喝着酒

瓦砾

偶尔望向窗外，咦
雪纷纷扬扬，漫天飞舞
但地上为什么既不雪白也不潮湿：
大片大片的雪从虚空而来
向虚空而去。
雪在落地之前一如既往的纯洁。
但这只是幻想。今天天晴了
上班的路上，还可以看见路边残留的雪。
田野中是一幅什么景象？
今天早晨你从梦中醒来
哈欠还带着酒气，不知你
有没有想过去田间走走。

二

未来不可预测，不可瞭望
作为一个不可知论者，我甚至
不太相信过去。那些细节要么消失无踪
要么清晰得令人难以忍受
但大体的轮廓还在，还算让人信服
还记得许多年前那些冬夜——我对
冬天的记忆总是深刻，而对其他季节
总是散漫——我们在一起
喝酒的日子。没有炉火，房间里
阴暗、冰冷。心还算热。

当然还有酒，温暖着这些一直
留到现在的记忆。为此真得感谢你。
还有我们说过的那些话，比如爱情。
午夜里痛哭流涕，唱着辛酸的歌曲
诗，那些年里另一个支撑我们信念的
狂想。我们提到过"漫""浸润"，多年后
当我们想起当年，还记得一句
温情的词语：毛茸茸的光芒。
对诗歌和女人的理解在这样的夜里成长
以及青春。如此消磨。
这些意象至今还在我的诗中出现。
我知道沉溺于回忆于我有损。
使我落后于时代，特别不合时宜。
哎，这也是没有办法的事。也许我天生如此
无论时间如何变幻，每当我
想起这些，我总忍不住说
哎，我的一去不返的
年少时光。

六

坐船从重庆往下，你依次经过武汉、九江、南京
最后到达上海。到此为止你的旅程是河流状的
也可以从上海出发，继续走，进入太平洋。
从北京坐火车去深圳，你会依次看见

瓦砾

玉米、高粱、向日葵、油菜和水稻，偶尔
还可以看到远处山坡上的云杉。在深圳
你和朋友在街边咖啡厅喝咖啡，如果这是终点
那么你的旅程是一节一节柔软的鞭子
从上海坐飞机去乌鲁木齐，需要一定经济实力
地球的领空是真正的波澜壮阔，你
或许会察觉到自己的卑微，还有些许的恐惧
事实上，你对世界不过尔尔，世界对你不过了了
从高空俯瞰，你的旅程是一段短短的弧线

我没有出过远门，我的道路是十五分钟自行车
我要说的是，在路上，你们行走着，我并不
知道你们路途的形状。我猜测，我说，一路
　平安。

七

现在我和你说的，是另一个朋友
一个南方的朋友。
他吃的饭和我们不同
他喝的酒和我们不同
他家乡的杀猪菜和我们不同，问题是
他没和我一起吃过饭。他不认识我。
在某处，他意气风发、艰苦奋斗
也与你我不同。你我得过且过。

我猜想他个子不高，瘦瘦的样子
我猜想他睡觉肯定不打呼噜
他下巴上的胡子刮得干干净净
在丹霞路的樱桃树下他曾潜伏，偶尔
早出晚归像个可疑分子
老虎？来自亚热带丛林，体形稍小
面容模糊。他是否伺机出击我不得而知
他的猎物，也许是另一只
母老虎。"晨曦里她斑杂的条纹带着微光
她的脊背有着浅浅的凹陷。"
在幻想中两只老虎在树荫下、草丛中
紧紧依偎。在他二十多年的老虎生涯中
我突然以虚拟的身份出现
他伸出爪子，一把将我摁住——

兄弟，这种感觉我许久不曾拥有。

八

我看见路旁的梧桐开花了
巨大的树冠拥挤着纷繁的紫色
我知道，浓郁的三月已经来临，不是从桃花开始
是从梧桐、槐树的顶端。对，是随着
白色的槐花飘着香气到来，这时才是浓郁的三月

瓦砾

十

我曾写下无望的诗句，我曾相信
无望的未来。像野坟边的黄鼬
守护它最后的洞穴。孤单的生灵啊
早已失去了同伴，失去了他们的气味
最终所有的一切它都将失去，而它依然
在午夜时分走出洞口，抬起前爪，直立了身子
仰望头顶的月亮，看它将凄惶的白光洒向世间。

十一

当低矮的雾挡住了我的去路
夕阳睡去，村庄寂静
乡间的小路通向莫测
树木探出头来，这是乡间的景象
晚秋的傍晚，暮色渐渐展开
飞鸟失却踪迹，村里三两声嘈杂
突然间飘忽的恐惧掌握了我。我深陷其中。
当低矮的雾缓缓升起
弥漫了我的身体，以及四周散布的坟丘
告诉你，这不是第一次，三十年了
我深陷其中，像个孩子
当树木从雾中探出头来，飘逝着

仿佛说，一切如同浮动。一切如同虚空。
我惶恐地站立，一个回音告诉我
别动，别动，就像个三岁的孩童。

十二

别在午夜回忆这一切，
别在午夜把这一切翻出来
我浪费过很多，而且继续着，没有止境
但是别在午夜浪费了吧
在白天，打开抽屉，把我放进去，像一枚邮票。

十三

做一个假设。当然你知道结果，但是别说。
艾米，如果站在我面前，而艾娜哭了呢？
这个话题太过古老：我虚构的人物
在我面前复活——是否相信她们？
一个柔弱一个刚强，她们联手，她们
折磨。你知道结果，你明白
她们是谁，来自什么地方，曾经如何。
但是艾米艾米你是谁？艾娜艾娜谁是她？

直到第三个出现了，紧接着是第四个
在舞台上角色各异、个性丰满、独一无二

但，真实的情况是：她们才是导演。在这出
哑剧当中，我满头大汗是个剧务。直到
第五个出现了。我的虚构是否继续？

十六

深夜里醒来，我听到钟声传来
它经过公共汽车三十分钟的路程，晃晃悠悠
来到我的面前。深夜里掠过那些嘈杂声。
你恍惚的身影，你的短发，你潮湿的容颜。
门槛绊了你的脚。你叫了一声。
多久了，你咬破了我的嘴唇，你的蓝上衣
如今在繁华中含混起来。
在低纬度地区，你不记得秋天了
凉风从北方吹来，在果园里停一会儿，用鼻子
　　嗅嗅
继续向南。要多久才能到达，这走走停停的
骒马。鬃毛浓密，甩着它的尾巴
它小跑的时候雨水会打湿你的脸
它将经过我，经过长江。一直向南它会停下来，
　　不再向前。
仿佛钟声一样——太遥远了。虽然
越来越近，从少年开始，到清晨结束

十七

这个瘦小的家伙上车的时候，依然含着胸。
你走得稍稍有些急了，你要知道，夏天
马上飞也似的来临，你马上就会看到
那些裙子会越来越短。当然你会
在浙江看到，美女们妖娆的腰肢和腿窝
但你也应该看看合肥的。"没准，她们中的
一个会成为你的妻子。"
那时候你含着胸，耸着肩膀
倒着小碎步，鼻子里吸溜吸溜的
身子蜷在被窝里还在喊
"冷啊、冷啊"，而肥胖有助于解决这一问题
可你没来得及增加你有限的体重
你依旧瘦弱得像个孩子，和来的时候一样
梳着长头发，嘟哝着快速的口音
提着一个小小的皮箱，夹在两个
模糊的人影中间，缓缓地消失在昏暗的芜湖路。

十八

现在我又是一个人，我不知道
这要持续多久，现在是春天
上一次是秋天。我喜欢秋天

不喜欢春天，我也不知道为什么
天气渐热的日子我也日见烦躁
"他总是这么被逐渐看清"，曹五木
孤独、暴躁、敏感、自私、武断、满腹柔情
然后，然后曹五木被
轻易伤害、轻易谅解，我说的就是自己。

二十五

房子又开始漏雨。已经修过三次了
还是漏。一开始我睡得很好，外边是清凉的雨声
我喝了许多酒，做着美梦，突然
屋顶开始漏雨，雨水浸过屋顶，滴落在
天花板上，啪嗒、啪嗒，单调，令人郁闷

二十七

我梦见你了，一开始是在田里
你在割麦子。后来是在学校里，我们一块儿喝酒
还有其他人，喝的什么酒我忘记了
后来我起身回家，怎么也找不到回家的路
焦急着，又看到你，上衣是绿色的厚军装

现在，家里的麦子割完了吗?

二十八

你故意拉长了嗓门，你说，惆怅啊——
我跟着你随声附和，我说，惆怅耶——
但的确是有些日子了，我是说
思念。尤其是在午夜之后
道路分外漫长起来，风
夹杂着酒气从身旁掠过，一阵一阵
向南吹去，就像一块柔软的毛巾
反复地擦，使劲地擦，你看
有些东西被打磨得愈发明亮
这并不是说，它们是必需品，因为
过于奢侈了，这昂贵的玩意儿
于我只能暗自拥有。于是，你接着说
"我错过了，一下子就是一生。"

二十九

我以为早就结束的一切，其实
远远没有结束。这生活多黯淡
而且漫无尽头。
绝非诅咒，因为
已经反复被验证。但我仍然爱这
黯淡的生活，这漫无尽头的生活

因为我还有怀念、渴求、爱恋、绝望。

三十一

在当涂的旅舍之中，李白经过了多少不眠之夜？
无酒，无醉，唯余文字

只剩下文字，只剩下诗歌陪在他的身边
着锦袍，行水路，于明月夜
写着他茸茸发光的诗文。

三十三

在狼藉的生活之中，没有谁可以
解决另一个人的孤单
你可以装作温柔，装作善良
可以善解人意，可以占卜命运
但你如何解决我的孤单？

或许，我们应该面对面谈谈这个问题
我等着你。等你乘坐特快列车到来
等你一脸坏笑地出现在我的面前
手里提着衡水老白干

三十五

那些花朵真的是彩色的。
白色的玉兰缓缓舒展，肉眼看得见它们绽开的
　速度
密植的向日葵金灿灿耀眼，围成一圈篱笆
还有更多数不清的花朵，在各自的枝头灿烂
有的绛紫，有的绯红。

我是说在梦里，在我灰色的梦境中
连白色都是稀罕的，所以我记得
这是我第二个彩色的梦，而且
梦见的依然是花朵

三十七

听说家里下过雪了，还不算小
孩子们该多高兴啊，满眼都是白色的礼物
又一个冬天开始了，包含着多少的游戏

我却记起，去年给你写的第一封信
在这样的雪天，不知道你有没有喝点儿酒

三十九

在雪地上野兔的足迹变得模糊
薄暮时分天未放晴
林间凉风吹来，河岸上一片寂然

四十

我发现我所有的诗歌都在卖弄
我发现自己像个小丑，像个耍杂耍的杂技演员
在人群密集之处我卖弄
在人群稀少之处我依旧卖弄
我发现很多人都在卖弄，在炫耀
在这个大型的马戏表演场中，少有观众

四十二

我离开了那个温和的城市，那个
整个秋天都挂着金黄树叶的城市
离开了荡漾的湖水和永不开动的游船
离开了我在那里最后的一个家
在那里，院子里有一棵栀子花
一棵蜡梅，还有一丛没来得及开放的金银花

四十四

万事从头，不会知道后来的事情
这无法被证明，却依然是不变的真理
我们能判断什么呢？当酷热使我无端烦躁
偶尔会想起冬日的冷雪
漫天地飘洒在阴沉的天空
或者也会匆匆好似急雨
变幻成细小的颗粒，打在车窗上
打在脸颊上，打在枯草上，打在浑浊的江面上
在那冷得微疼的时日啊
我们登上了江边兀立的小孤山

四十六

狄俄尼索斯炫耀他俊美的脸，动用他的神力
报复怀疑他的人，而刘伶
在屋子里脱光衣服，喝得七荤八素
忽略了祈祷，忽略了世界
酒所给予这个世界的，是遗忘
是放纵的狂欢，是漫无边际没有穷尽的遮拦
而酒神厌弃了我。酒神在惩罚我。
我所能承受的惩罚他尽数给我。
疼痛只是形式，代表了禁忌

——当我将禁忌——打破
他最终给我一个枷锁，一个印记

神在行使他的权力之时，是多么威严啊
如同一个理智的女人，冷眼看着她的罪犯

四十七

当这些灿烂的书籍出现在我的面前
我又一次感觉到我那被不断滋养的孤寂
多么漫长啊，我缓步走来，还要
缓步走去，在这自我的路上
在这充盈的路上，芬芳的路上
我有了你的陪伴，有了足以
使我平静的伴侣

是的，因此我是孤独的
因为这孤独
也因为你的存在而变得可以体会
我愿在老去的日子里慢慢享受这无边的孤独

四十九

我怀着另一个时代的心
苟且在这加速度的世上

造物给了我所有的恩赐
也赐予我悲伤的灵魂
这是无法争辩的事实
当我站在这城市的角落
我知道那喧闹的一切不属于我
虽然我假装了解这个世界
假装是个沸腾的人

五十

我愿意将我的卑微和骄傲
全部放弃，来换取你们的一切
我愿将我的怯懦和勇气
打上标签，标明价格
然后悬挂在集市上
向人群叫喊："这就是我啊，这就是
你们整日渴求的，在我却已是多余。"

五十八

对你说过的话我不再向其他人重复
那是不能重复的。那是酒话、无端的废话。
同样的道理，我对她说的话，也不再
向你重复。那无边的误解啊，让人灰心。
所以我把它们深深埋在心底

瓦砾

我数过，一次，两次，三次
每一次我都退缩着，假装遗忘了
把同样的程序再一次重复
就像那年夏天，我虚构了我的往事
在瓜田李下，和你絮叨
漫无边际的传说，一直说到了秋天
一不小心就到了冬天
现在我的四季几乎完美了，就像真的
但这真实的四季一样无休止地轮回着
仿佛哀痛、忍耐，再一次降临

五十九

严冬把军队驻扎在路边
它对田野有统一的安排
麦苗蒙着微霜，树木光着手脚
十马干渠盖着
从化工厂倾泻出的黑冰

从河岸向东，向西，广袤的田野
被累累坟丘点缀
死亡在严冬有另外的含义——
可怜的伙计们在地下纠缠着

用根，用球茎，用坚果

进行秘密的联系，这一切都是严冬所了解的
它装聋作哑，纵容着它们
——肉体消亡了
毛发还在，在土地的滋养下生长

这反抗是无聊的
但终会取得长久的胜利。

六十

路灯扑簌簌掉着光渣
蝲蝲蛄、蚂蚱、油葫芦、天蛾，爬

远处是游荡的独眼怪兽
它们集结起来，封锁了村子

复数的夜啊，这头鲸鱼
它的胃里消化着一个少年的孤独

六十一

火焰在雨中燃烧
它是驯服的
忏悔、呼唤，纸雕的碑文
请帮我投递

六十二

布谷和雨水住在树林上空
每次来总是背负使命
政客一样不让人信服
他总是说"一切如常，相信定居者吧"

六十三

榆树被黄色小虫占据
小叶杨疲乏了，木材加工厂令它们心惊
刺槐和梧桐安然的样子
只有合欢，羞涩的花朵开在路边

杏花恋恋不舍
桃花妖艳而无果
石榴妒忌累累的枣树
柿树在十月袒露着双乳

除了芦苇中的喳喳鸟，定居者们不会歌唱

它们也从不向我问候
只有我经过它们的时候
谦卑地驻足——

每一次分离，总使我怀念越来越陌生的家

六十四

你带着一树槐花的香气。
你笑笑，露出犬齿。
十年了，你总是
失眠一样如约而来，十年来
除了漂泊总是没有起色，你带来什么？
你往日的情人们呢？
鱼一样流落各地。让我们
坐而饮酒千杯不醉
梦里写诗一塌糊涂
——关于梦，我有
更好的解释，衰老、回忆、狂想
以及其他。成为一个诗人？
"你的树真漂亮，挺拔、结实，
全是木头做的。"
十年来，你总是
季风一样吹来，候鸟一样飞走
一身寂寞，装扮成落魄的样子
幻想我先死了，为我写好墓志铭
兄弟，都是自己人
你的酒量我最清楚，所以，兄弟
给我祝福吧，在我将诗写满大地之前

六十七

我将此诗献给载我旅行的列车。我无数次
从列车的窗口看见飞驰的事物
稻田、房舍和劳作的农人。在某个车站
它将我吐出，然后等醉酒的我
再一次进入它的腹中，像一尾
护子的海鲇鱼，反复将我吐纳
我还记得桥梁、隧道和蜿蜒的铁轨
昼夜交替，明灭的脸孔如音符，跳荡着
在天际散去。孤单的离人啊。
或者，我也该将此诗
献给飞机，我们时代最伟大的飞行器之一
它张开双翼，这个钢铁的燕子
飘浮在云端，将五彩的云彩堆积在我的眼前
我由此对造物心存疑虑——
无以替代的造物——
凭空捏造了这一切，将人类无端置于虚空之中。
当我俯瞰洒满了碎玉的大地，细小河流的反光
刺痛了我的双眼。泡沫般的大地啊
我一一标记了你们。我做好了祝福你们的准备。
我将隐藏我们共同的秘密——
凡我抵达之地，凡我目光所及之地，皆是我的
　疆域。

六十九

存在多么虚妄，仿佛初夏夜的梦境
没有真实的记忆
弃我去者，昨日之日皆恍惚
没有可以预见的未来
乱我心者，今日之日转瞬即逝
因此我梦见的你是你吗？
而你在心中反复斟酌的又是不是我？

七十

麦收花开了，开在路旁的空地上
一丛连着一丛，花朵和叶子蒙了厚厚的灰尘
麦子熟了，金黄的麦田一块块
堆积在防风林之间。这是
初夏里难得的晴天，天空只有几丝云彩
轻风吹过文静公路，越过黄甫农场
新开发的工业区，一直向南而去。
一只喜鹊在车旁用力地飞
迎着风，使劲拍打着它的短翅膀
这是留鸟的翅膀，从来也不适合长途飞行
它飞着，却像停在空中，"冥冥鸟去迟"
而我是候鸟，我回来了，用了比这只

喜鹊快的速度，和一个失败者的秘密。
友人已经聚集，我们喧哗
打闹，将忧愁暂时抛开
将啤酒灌进自己的胃，我们说着
十年前此时的情景，二十年来各自的奔波
说起去麦田里照相，说起某些可以预见的未来
有一瞬间，大家一块儿沉默了
突然间没有了言语，各自扶着自己的酒杯
像一只只顶风飞行的喜鹊
在涌动的空气中停滞了自己的心

七十一

要经过多少个夜晚，才能变得那样相互依赖？
因而夜晚值得赞美。其实白昼亦然。
它们交替流逝，将那些事物反复涂抹
是的，看上去越来越美
是啊，回忆那么让人留恋
几乎不可理喻的真实：湖水边泛滥的情欲。
触手可及，而又无比遥远。
我不愿谈及我的虚伪，你也同样
我们都假装隐藏得很好，假装看不见
为什么？为了可以预知的沉默？
无人之时我常常感叹——
要经过多少背叛，才能变得那样纯洁！

七十三

抛下点点细雨，傍晚的云彩向北涌去
我手搭凉棚向北张望
除了楼顶上黑压压的乌云
更远的地方我真的不能企及
啊，黑压压的乌云，黑压压的人群

然后，跟多年前一样，每一次都一样
午夜的云彩又翻卷着回来了，更加喧闹
用雷声和狂暴的雨点淹没了闪烁的星辰

七十五

麦茬在旷野中燃烧
长长的火线顶着北风蔓延
火焰映红了半边天
风中传来噼噼啪啪的声音
和燃烧的麦子的颗粒状的香

夜风吹来，夜风吹来
情欲起伏好似麦火。

七十六

我拥有你最美妙的时刻。
我拥有你的美。
超过了夜风带来的最惬意的凉。

七十八

偶尔我也会闭上嘴
做出一副倾听者的样子来
或者也会颔首微笑
像个洞察世事的智者
但事实并非如此。事实是
我的脑袋中充塞了嘈杂的声音——
无数个我在自言自语
在倾诉、疑惑、争吵、打闹。
我的脑袋一片轰鸣
对真正的我置之不理
我是局外人，是个傻瓜。

七十九

你自故乡来，带着疲惫。
你更黑了，也更消瘦。

自我漂泊开始，你总是
在我最需要陪伴的时候，出现在我面前。
这是第几回？你又来了
依旧龇着你的虎牙。兄弟
为此我愿举杯，我愿深醉
我愿在最喧闹之时告诉你
我对你的深深思念和依赖，如同你
对于我的。为此
下一次回家，我要去看看你的新房子
你为之奋斗了多年
你为之忙碌了一个多月的新房
我要抚摩还带着潮气的山墙
我要看看你的庭院、你的屋檐、你的厢房。
当然，也要去看看你的儿子
和他的母亲。告诉她，别再记恨我。
别因为我的出现，你冷落了她
而记恨我。我要告诉她
除了对她的爱，你也有对于我的
那历经时光的，最真实和朴素的兄弟情谊。

八十二

树梢上两个柿子已经泛黄
秋豌豆爬了上来
紫色的藤蔓，紫色的叶子

七八个紫色的豌豆，挂在柿子树的枝条上

太高了，豌豆是故意爬上去的吗？
主人家会不会把紫色的豌豆摘来下酒？

八十三

秋天就像刚刚淬过火的铁器
带着余温，渐渐冷却

再有一场透雨吧，它会彻底冰凉

八十四

你说，看，这就是雏菊
原来是那些在路旁星星点点的紫色小花
我喜欢这些不起眼的小东西，是啊
还有旁边我叫不上名字的别的野花
在草丛里、大地上所有不显眼的角落
它们安静地生长，有着不为人知的秘密
当你捧在手里，它们突然就焕发了别样的美
仿佛布满阴云的天空漏过一束光
照射在汛期的河岸上——那也是
不为人知的汛期，是你我的汛期
雨水迅疾而暴躁，转眼间涨满了你我的河床

而河水从不停歇。它要去的远方
也有紫色的雏菊吧？当然还有别的——
树木，芦苇，起落的飞鸟和湿润的心

八十六

我渴望平静的生活吗？
做个定居者，在某地终老？是的。
我渴望自由的生活吗？去漫游？是的。

八十七

多美好的清晨，我从梦中醒来
又在窗外拂来的凉风中睡去
暗自等待你的到来

在山的一侧
你有你的空旷，你有你的狭窄

八十九

夏日午后，我们隐藏着像虫子
躲在灌木丛的阴影里
直到金乌西坠，暑气散去
开始觅食，循着间有间无的水汽

瓦砾

穿过半个城市，来到曾经的河岸边——
你不能说它是死的。这河流
依然湿润，带着体温
但它不再是河流了，它
不再流。冬眠？不，不，它是
——安眠了，衣冠整齐，靠输液活着
面容安详，不再争吵、发怒、摔门而去
不再婉转、荡漾、缠绵悱恻
你不能说它死了。风从水面掠过
带来些许叹息，停驻在
整饬的河岸和水泥船上
在另外的地方我见过它不同的样子
黄沙、芦苇和蒲棒
在野外，有别样的美。
是啊，有时，我们靠美充饥
灰暗的美、边缘的美、危险的美
树叶、树叶，面包、面包，啤酒、啤酒
现在我们靠啤酒充饥
这是凶猛的美——时不我待
在一切停滞以前
再一次冲破堤坝，呼啸而下
肆无忌惮地翻滚在凌乱的地上。

九十一

这是相互的谢意——
对于你我

最纯洁的孩童和最坚强的心
在绿荫里无限靠近

我曾在冬夜的炭火里
看见那夏日里的蝉鸣

护卫者是整齐的白杨
河床上疯长的绿草是逝去的人群

有几次我在街道的拐角
轻轻按住了自己的心脏

想转过身去
窥探你翘起的嘴角

满月的脸庞
是否会惊讶眼前的少年人

这是相互的感激——

永记得北岸的柔情

两个孩子相爱了
又在镜头下各自转身

九十二

漫无边际的孤独包围着我，它有
曹五的另一副面孔。枯燥，像个哑巴
偶尔张嘴，说几句无声的话
用啤酒消磨它，用更大的沉默淹没它
但另一个曹五出现了
聒噪的、刺耳的曹五，不再迟缓
迅捷而尖刻，这只猴子
还会甩动它的尖尾巴，需要更多的酒精
将它麻痹，这是我惯用的手段，用酒
泼它的脸。第三个曹五出现了
在百无聊赖的宿醉之后，它拥有
沉积在小腹的一团空虚，哦，还有
一股随之而来的肉欲，它厌恶了
生活，一团灰乎乎的烂泥
像黎明时掺了尿的光。发馊的光。
第四个曹五是修正的曹五，你喜欢的曹五
克制了刚才的想法，变得彬彬有礼
哎呀，喜欢得不得了，戒酒、戒色

用你喜欢的腔调说你说的话
生活被擦亮，天才也复苏了
可以相互安慰，哦，朋友！

九十三

几片午间的阳光从香椿树的枝丫间洒下来
在我的脸上游移

九十五

你把佛珠从后颈，沿着锁骨
垂在胸前。一粒粒的珠子
排列在肋骨的中间
紧紧挨着你温热的皮肤

世事有如尘埃，个人有个人的悲哀
你要的是来世的澄明，还是最终的救赎？

九十六

思念像深夜的秋虫在寂寥地叫
思念是不合时宜的，在深秋
依然顶着小小的芽头。而爬山虎已然泛红
忍冬的葱茏，从夏天就开始枯萎

很久没有闻到那浮动的香气了
像是秋风吹散了叶底的馥郁
像是在夜晚，我们用浮土
覆盖了那些尖尖的嫩芽

嫩芽滚烫，断续的风吹来
肉欲蓬勃，浮土也被拂去
露水甘甜，挂在结籽的草尖
繁星摇曳，起伏如远方的水杉林

九十七

我曾登上山巅，靠近零星的乌桕和石楠
俯瞰蜿蜒的秋水带走船帆

也曾在汴河上，采了满捧的雏菊
看夕阳洒在河面上的金波

还有少年时，中秋果园里飘散的香气
玉米田中缓步低首的温柔骒马

当围墙上的爬山虎泛起灿烂的红晕
当广阳道上白杨开始落叶

我依然对秋天怀有各种爱

九十八

四季的河水流进深秋，白杨的枯水期就到来了。
水位迅速从树梢回落到树根
以树干为圆心，树叶像聚集的鲇鱼
拥挤在树荫的池塘里
在仅存的水中，张大嘴
费力地呼吸，艰难地摆动尾巴
搅动着浑浊的泥浆，试图挽留
自己微不足道的性命，随后
深秋最后一轮艳阳和
辛勤的清道工会收拾这一切
动用秃鹫的扫把和狮子的清洁车
将冬日的荒原还给冷冰冰的
水泥沥青。白杨要熬过
整整一个干涸的冬季。在冷寂中
等待春汛湿润了人行道，夏雨漫过排污渠
树叶又会奇迹般复活，从泥巴中钻出来
跟随上涨的河水游向树梢

九十九

"冬"是最笨拙的庞然大物。

瓦砾

它在黑夜里爬过旷野和收割完毕的稻田
爬过铁轨和三等小站
爬过山涧、河床、槐树林和南陶管营

这头杂食动物
吸食绿色、红色和黑色的汁液
在建业里一号楼磨蹭它粗糙的厚皮
留下尿液、几根毛发和冷冷的体味

不可能再见到比它更庞大的躯体了
西北风是它的喘息，寒星是四散的飞蛾

不可能再碰到比它更难以捉摸的野兽了
它胆怯而鲁莽，机敏而盲目
撕咬了暮色，吞噬了晨光

只有在雾中，它才不再古怪
懒懒地卧在城市上
肚皮覆盖了纵横的街道
挤压着睡梦中湿漉漉的人群

一百

一个人一生要犯多少错误？
如同一条河流不停地改道。

于是人类修建了堤坝。
一只海狸鼠，也会用树枝、芦苇和泥巴
修建自己的堤坝。它们是大自然的建筑师。
类似于，一个非洲人徒手盖起一座
不带窗户的泥巴屋子……
哪一只河狸改变了溪流的方向？
在你我举杯的此刻，黄河向东
但你我无法揣测它的本意
它曾向北，分割燕赵之地
也曾向南，奔突千里，阻断了另一条大河
你能确定哪一次它是错误的？
——而人类收拢手掌，将它一次次拉回
臆测的水道。像铺设一段下水管。
伟大如斯的人类，不断抬升着它的河床
黄河之水天上来，而今复往天上去
直上银河，悬浮在夜空，流向虚无的河流……
在那里，有我们知识的尽头
我们全部的知识，对事物的认知
微弱如一团可疑的尘埃。在其中
哪一个定律能指导河流的游荡？
就好比，哪一条道德能约束男人的心？
偶尔我们也会羞愧。会被
更大的虚无充塞占据，在午夜里睁开眼
失眠，懊恼着，诅咒自己的愚蠢。
但时间会冲淡这一切。时间，另一条河流

瓦砾

它消磨我们，但同时也教导我们——
造物主将万物命名，各归其类
涂画它们运行的轨道，并赋予它们永恒的
不确定性。这是一个悖论。
因此，一个女人当然可以束缚一个男人的心
因此，你有无数的机会修正你自己
不必借助他人之手，单凭你的肉身。